ようこそアヤカシ相談所へ

松田詩依 Shiyori Matsuda

アルファポリス文庫

http://www.alphapolis.co.jp/

目次　Contents

序

『末筆ではございますが、山上《やまがみ》様の今後の益々《ますます》のご活躍をお祈り申し上げます』

白々しい言葉が端的に並べられた、何通目かの不採用通知を山上静乃《しずの》は握り潰した。

就職活動を始めて早半年。卒業論文も終え、卒業までのカウントダウンが着々と進んでいく中で、静乃の内定は全く決まりそうになかった。

「お祈りする余裕あるなら採用してよ！　就職決まんないのに活躍なんかできるかっての、ちくしょー！」

たった一枚の履歴書、たった数分の面接で一体何が分かるというのだ。いつか自分を落としたことを後悔するほど活躍してやろうじゃないかと、開き直ったように不採用通知を破り、紙吹雪《かみふぶき》のごとく空高く放り投げた。

「就職決まったあ！」

「社畜《しゃちく》になる前に、今のうちに遊ばなきゃだな」

現実逃避していたところに聞こえてきた同級生達の会話で、一気に現実に叩き落とされた。

宙に舞っていた紙吹雪も地面に落ちればただの紙屑《かみくず》。清掃員からの鋭い視線を感じ、ここが大学の中庭だったことを思い出して、慌てて紙屑を拾い集めた。

「会社、落ちちゃったんだ」

ふと顔を上げると、静乃が座っていたベンチに、彼女と同じリクルートスーツに身を包んだ女子学生が落ち込んだ様子で座っていた。

「……もしかして、あなたも？」

下から顔を覗き込むように恐る恐る尋ねると、彼女は疲れ果てた酷《ひど》い顔色でゆっくりと頷いた。

「お、おーい……大丈夫？」

俯《うつむ》く彼女は息が詰まってしまいそうな程、どんより重い雰囲気を背負っている。

静乃が心配そうに覗き込みながら、目の前で手をひらりと振ると、彼女はゆっくりと顔を上げた。

「今破り捨ててたのって……」

「そう、御察しの通り不採用通知。おまけに記念すべき十通目。なんかもう落ち込む以前に笑えてきちゃってさ、思わず破り捨てちゃったんだけど……意外とすっきりした」

　もし次の機会があったら試してみるといい、とおどけてみせると、彼女は困惑気味に引《ひ》き攣《つ》った笑みを返した。

「十社くらいならまだ良いよ。私なんて、もう数えきれないほど……」

「ストップ。こんな互いの精神すり減らすような比べっこ、悲しくなってくるからやめよう」

　受けてきた企業名を指折り数えながら羅列する女子学生の肩を、静乃は慰《なぐさ》めるように叩いた。

　話途中で言葉を遮《さえぎ》られてしまった彼女は申し訳なさそうに肩を縮こまらせ、黙り込んでしまう。

　自分が話を途切れさせたのだからなんとかしなければと、静乃は次の話題を探した。

「え、えっと……どういう所目指してたの？」

「……両親は大企業とか公務員とか、安定した仕事に就《つ》いて欲しかったみたいなんだ。大学まで入れてもらったから少しくらい恩返ししなくちゃと思って、頑張《がんば》って色んなところ受けてたんだけど……全滅だったの」

「あ、あらら……それは、その……」

「ううん、いいの分かってる。本気でその仕事をしたいと思っていないのに、受かるわけなんてないんだから」

　嘲笑《ちょうしょう》を浮かべて俯いた彼女の顔に影が落ちた。

　諦《あきら》めたような声音は心が根元から折れていそうなほど暗く、竦《すく》めた肩は重りを乗せたように下がっていく。その一方で、何かに耐えるように膝の上で硬く握られている拳《こぶし》は、本心を押し殺すかのように震えていた。

「本当はやりたいことが、あったの？」

　静乃の問いかけに彼女ははっと顔を上げ、困ったように視線を彷徨《さまよ》わせた。

「……笑わない？」

　不安げに呟《つぶや》かれた言葉に、静乃は震えている彼女の手の上に自身の手を置いてゆっくりと頷いた。

「……絵本作家になりたかったの」

　蚊《か》の鳴くような声で戸惑いがちに呟かれた言葉を、静乃は聞き漏らさなかった。

「絵本作家？」

「……うん。昔から絵を描くのが好きで」

　彼女はおずおずと頷きながら、ポケットから手の平サイズほどの使い込まれたスケッチブックを取り出した。

　受け取ってページをめくると、デフォルメされた動物やキャラクターなど色鉛筆で描かれた可愛らしいイラストが、びっしりと描かれていた。

「わ、上手！　すごい可愛い」

「ありがと……親にはそんな夢なんか見てないで、現実を見ろって怒られたんだけどね」

　夢中でページをめくり絵を見ている静乃を見て、女子学生は照れながらもとても嬉しそうに目を細めた。

「なんか不思議。今まで誰にも話したことなかったのに……貴女《あなた》には自然と話せちゃった」

「私、絵とかすごい下手だからさ。こんな風に描けると楽しいんだろうなぁ。やりたいことがあるって素敵だね」

「貴女はやりたいことないの？」

　女子学生からの問いかけに、今度は静乃が唸った。考え込むようにゆっくりと空を仰いだ。

「ない、わけじゃないんだけど……はっきりと分からないんだよね。大学にいるうちにみつかると思ってたんだけどやっぱりダメで。社会に出たら今度こそ――なんて思ってたけど、やりたいことも分からず足元ふわふわしてる人間なんてどこも拾ってくれるはずなくて」

これまで受けてきた悲惨《ひさん》すぎて笑い話になるような面接を思い出し、開き直るように笑いながら静乃はスケッチブックをぱたんと閉じて彼女に差し出した。

「やりたいことがあるってとっても素敵だと思うよ。そりゃ現実を見たらさ、売れる人なんてほんの一握りで辛《つら》いことばっかりだし。子供にそんな先の見えない苦労させたくないってご両親の気持ちもよく分かるよ。でもさ、絵本って読んだ人に夢を与えるものでしょう？　描いてる人が夢見なくてどうするのさ！　いつか素敵な絵本読ませてね」

力強い静乃の言葉を彼女は目を丸くして、固まったまま受け止めた。

その硬直していた表情が、徐々に崩れていく。まるで笑うという行為をゆっくりと思い出していくかのように笑みが零《こぼ》れ、終《しま》いには腹を抱えて笑い出した。変なことをいってしまっただろうかと、静乃は呆然《ぼうぜん》とした。

「……っ、ふふっ。あはは っ！　そうだよね、夢を諦めてたのは私の方だった。夢を見なきゃ描けないか……うん、うん……ああ、もっと早く気づけばよかったなあ……」

笑いすぎて目尻に浮かぶ涙を拭いながら、愛おしそうにスケッチブックを胸に抱いて、彼女は暫《しばら》く笑っていた。

「あぁ、くるし……はあ……一生分笑った気がする」

女子学生は乱れた呼吸を整えるために深呼吸を何度か繰り返すと、握られていた静乃の手を握り返し、立ち上がった。

「もうそろそろいかなくちゃ。お話しできて嬉しかった。静乃ちゃんもやりたいこと、見つかるといいね」

　礼を述べた彼女は晴れ晴れとした眩しい笑みを浮かべ、軽く手を振ると振り返ることなく立ち去っていった。

「あ、ちょっと待って。なんで私の名前――」

　名乗っていないはずの自分の名前を何故知っているのだろうか。慌てて追いかけようとしたが、不思議なことに女子学生の姿は既に見えなくなっていた。足を止め、ベンチにすとんと腰を下ろした。

「君が山上静乃さん？」

　次の瞬間頭上高くから降りた影と、男性のものと思われる爽《さわ》やかな声に静乃はゆっくりと顔を上げた。

　目の前には面接時のお手本にしたいくらいの爽やかな笑みを浮かべた、容姿端麗で髪の真っ白な青年が立っていた。彼は笑みを崩すことなく、座っている静乃の頭の上から足の先までじいっと見回した。

　あまりにも美青年が見つめてくるものだから、これまで縁がなかった春の予感ではないのかと、静乃の乙女心が期待に一瞬高鳴ってしまった。

「あんな人畜無害のもいちいち相手にしてるなんてさ……驚きと呆《あき》れを通り越して、尊敬するよ」

「は」

笑顔のままいきなり投げつけられた毒舌に静乃の眉間《みけん》に皺《しわ》が寄り、開いた口から間抜けな音が零れた。一瞬でも目の前の青年に見惚《みと》れ、興味があって声をかけてくれたのかと浮き足立った自分を恥じた。

「あの……なんの用でしょうか」

不審を隠さず睨《にら》みつけるが、青年は笑顔のまま表情を変えることなく静乃を見下ろしている。

「はじめまして。僕は倉下凛太郎《くらしたりんたろう》といいます。君にぴったりな仕事があるんだけど、よかったら働いてみませんか？」

静乃は鈍い動きで顔を下ろして彼が差し出した用紙を見た。そこには「相談所職員募集中」との文字が書かれているような気がした。あまりにも突然のことで、用紙に記載してある内容が頭に入ってこなかったのだ。

静乃が条件反射で頷いてしまうと、彼はさらに笑みを深くして、静乃の手を用紙ごと力強く握りしめた。

「大丈夫、君みたいなお人好《ひとよ》しにはぴったりな仕事だから！　それじゃあ、早速面接の日時決めちゃおうか」

「え、いや、あの……ちょっと！」

褒められているのか貶《けな》されているのか、頭の理解が追いつかないまま話は坂を転がり落ちるように勝手に進んでしまった。運とは良いも悪いも、僅《わず》かに傾いた方へ転がっていくものらしい。

事実、この倉下凛太郎という男との出会いがきっかけで、山上静乃の就職活動は思いも寄らない方向へ進むことになるのであった。

第一話　入社試験と迷子

「今日学校終わったら、まっすぐ友達の家遊びにいくね」

ぼくは、初めて嘘《うそ》をついた。友達と遊ぶ約束なんてなかった。お母さんにどうしても内緒にしないといけないことがあったから。

その日は息が白くなるくらい寒かった。学校が終わると、まっすぐ近所の大きなショッピングモールに走った。

初めて一人でこんなに大きな場所に来た。いつもお父さんとお母さんと買い物に来てるけど、まるで違う場所みたいだった。緊張して手が少し震えて、いろんな場所をきょろきょろと見てしまう。

でも、大丈夫。この日のためにお父さんと何回も何回も練習したんだ。だから、大丈夫。握りすぎて皺くちゃになったプレゼントの引換券を握りしめ、お店に向かった。

「あ、あのっ。お母さんのプレゼントをよやくしてた、うえはらですっ」

高いレジで背伸びをして、店員のお姉さんに引換券を渡した。

「一人で偉いね。はい、こちらがプレゼントになります。お母さん喜んでくれるといいね」

お姉さんはにっこりと笑って、お母さんの大好きなオレンジ色のリボンが巻かれたプレゼントを手渡してくれた。あまり大きくないけれど、ずしりと重さを感じた。このプレゼントを買うために、お父さんのお手伝いを沢山して、お給料をもらったんだ。

外に出ると冷たい風がぴゅうと吹いて、雨がざーざー降っていた。今日の天気予報は雨じゃなかったのに。

傘なんて持ってないし、長靴だって履《は》いてない。プレゼントが濡《ぬ》れないようにランドセルの奥にしまって、急いで走った。濡れたくないのもあったけど、早く帰ってお母さんを驚かせたかったから。

五分くらい走って家に着いた。雨でびしょ濡れになっちゃったけれど、走って来たから寒くはなかった。

息を整える前に、思い切り玄関の扉を引いた。けれど開かなかった。ぼくがこんなに早く帰ってくることを知らなかったから、お母さんはどこかに出かけちゃったんだろう。

家の鍵を持っていない。だってぼくが帰るときにはいつもお母さんが家にいたから。

玄関先の階段に座り込んでいると、冷たい風と雨に濡れたせいで急に寒くなってきた。

こんな天気だから、目の前にある公園では誰も遊んでいない。いつも散歩をしてる近所のお母さんと可愛い赤ちゃんもいない。

このままお母さんが帰ってこなかったらどうしようと急に寂しくなって、ランドセルをぎゅうっと抱きしめた。

きっとお母さんに嘘をついたバチが当たったんだ。

待っても待っても、お母さんは帰ってこなかった。雨も風もだんだん強くなってきた。寒くて、心細くて、寂しくて、つい泣いてしまいそうになったんだ。

＊

「山上静乃、二十一歳。三流《みながれ》大学心理学部、卒業見込み。職歴は特になし。オートマ限定、普通運転免許所持……」

男は手にした履歴書を淡々と読み上げながら、デスクを挟んだ向かい側に緊張した面持《おもも》ちで佇《たたず》むリクルートスーツ姿の静乃を、やる気のない瞳で見上げた。

恐らく一度も染めたことのないであろう真っ黒な髪を頭の後ろで一つ結びにし、化粧をしているのか分からない程の薄化粧。今時の女子大学生という割には酷く地味な田舎臭《いなかくさ》い女、というのが、男が静乃に抱いた第一印象であった。

　やたら目つきが悪い男と目が合うと、静乃はその視線から逃げるように萎縮《いしゅく》し落ち着きなく視線を彷徨《さまよ》わせた。

「あ、あの……相談所はこちらで……間違いない、です……よね」

「ああ、間違いない」

　震えるか細い声すらも、力を振り絞らねば出すことができなかった。

　静乃がここまで萎縮している理由は二つある。一つはこの相談所が入っている五階建てビルの内装だ。外観も酷く古びているように見えたが、ビルの中に一歩足を踏み入れて愕然《がくぜん》とした。

　扉を開けた瞬間に感じた冷気とむせ返るような埃《ほこり》の臭い。薄暗く不気味に伸びる廊下の壁はひび割れ、崩れ落ち、不良が描いたであろう無駄に上手いスプレーの落書きが幾つも描かれている。床のタイルも所々剥がれコンクリートがむき出しの状態。

　時折視線のようなものを感じて後ろを振り返っても、誰もいない。静乃の足音が響くビル内は人間の気配なんて微塵《みじん》も感じられなかった。

　最上階の最奥に着くまでに、何度逃げ帰ろうと思っただろう。無事に辿り着いた静乃は心底安堵《あんど》したものだ。

　そして、目の前に座っている男が二つ目の理由。

ボサボサの黒髪、やる気のない死んだような目の下には色濃い隈《くま》がくっきりと刻まれている。首元をきっちり隠したハイネックのシャツにパーカーとジーンズ姿という所長とは思えないだらしない出で立ちをしているのだ。

しかしこの廃墟《はいきょ》同然の場所こそ、静乃が就職面接を受けに来た相談所。目の前にいる目つきの悪い怪しげな二十代後半の男こそ、このオンボロ相談所の所長で間違いないのだ。

「話は大体倉下から聞いたけど。なんでこんなところに来たわけ」

「ええと、その倉下さんという方からこちらの求人票を渡されて——」

「俺は求人なんて出してないけど」

「え」

固まる静乃を見て呆れたように溜息をつきながら所長は面談中にもかかわらず堂々と煙草《たばこ》に火をつけた。

新しい人間を雇わなくても従業員はいるし、人手に困ることもそうそう起こらない。誰かの人生を背負うなんて面倒極まりないし、そもそも就職面接なんて骨が折れることを自分からやるわけがないと、所長は饒舌《じょうぜつ》に、淡々と、悪態をつきながら不機嫌そうに紫煙を吐き出した。

出会って数分で悪態を散々浴びせられ、静乃の心は既に折れかけていた。そんな彼女を従業員らしき少女が、背後にある来客用のソファの陰から顔を覗かせて心配そうに見ていた。

「え、っと。でも、あの……採用係の倉下さんという方に、是非入社してほしい、といわれてその場で面接の日取りを決めていただいた、のですけど……」

「俺も同じこといわれた。明日凄い女の子が面接に来るからよろしくねー、って。まさか本当にこんな所にくる物好きがいるなんて思わなかったけど。そもそも採用係ってなんだよ。面倒ばっか押し付けやがって。凛太郎のヤツ、後で覚えてろよ」

腹立たしそうに舌打ちをして、まだ長い煙草を灰皿に擦《こす》り付け所長は再び静乃に視線を向けた。

「山上さん、だっけ。あんた、ここがどんな場所か分かってんの？」

「あ、はい。特殊な人達が集まる相談所……だと」

ふぅん、と所長は鼻を鳴らした。静乃は倉下から詳細な説明を聞いてなかった。

彼から渡された書類には「相談所職員募集」の文字と相談所までの地図が記載されているのみで、詳しいことは相談所に行けば分かるの一点張りだった。

「……で、なんでこんな所にこようと思ったのさ」

頬杖をつきながら聞かれ静乃はぴくりと肩を震わせた。散々面倒臭いと悪態をつきながらも、一応面接はしてくれるようだ。既に諦めかけていた気を引き締めるように、静乃は小さく深呼吸をし、こつりと踵《かかと》を鳴らして背筋をぴんと正した。

「……しょ、正直に申しますと、これまで採用試験、十社近く落ちているんです」

「それでヤケクソになって、受かりそうならどこでもよかったわけね」

マニュアル通りの答えが返って来るかと思えば、素直に事情を暴露する就活生を見て、所長は驚いて目を丸くした。

履歴書を見る限り大した学歴もなければこれといった資格もない。そしてあまり相手の記憶に残らなさそうな素朴《そぼく》な見た目。

申し訳ないが、彼女を拾う企業がないのも分かるような気がした。

「こ、これまでお祈りメールとか、『君を必要としている会社は他にある』とか散々な結果でもう諦めかけていました。でもそんな時に倉下さんが声をかけてくださったんです。確かにここの相談所のことは何も分かりませんし、ぶっちゃけ自分が何をやりたいのかも分かっていません。でも……でもっ、私は『君にぴったりな仕事がある』っていってくれた倉下さんの言葉を信じたいです！　学歴も、資格も、特技もなくて、平々凡々な私でも……役に立てることがあるなら、必要とされているのなら、それに応《こた》えたいです。どこでもよくて、ここにきたわけではありません！」

デスクに両手をついて、所長に頭突きをしかねない程、ずずいと静乃は顔を近づけた。時折声をひっくり返しながらも必死に張り上げ、机についた両手は震え、目は今にも涙が零れそうなほど潤《うる》んでいる。その勢いに所長は思わず慄《おのの》いた。

季節は間も無く十二月。これまで辛く長い就職活動を行ってきた。

周りの学生が次々と内定が決まっていく中で独り心細く、不安に耐えてきた。他人より秀でたものがないことを、他でもない静乃自身が痛感していたのだ。

だからこそ自分を必要としてくれた倉下の言葉は天にも昇るほど嬉しかった。そして静乃は全てをかけて、この廃墟の相談所にやってきたのだ。

先ほどまで萎縮して揺れていた静乃の瞳だが、最後には真っ直ぐに所長を見据えていた。

嘘偽《うそいつわ》りない本音を受け、所長の口角が僅《わず》かに上がった。彼は何十社も不採用になった哀れな女学生に微塵も同情などしていない。

普段やたら面倒事を押し付けてくるあの自分勝手な男がそれほど推《お》した、この山上静乃という女がどんな人物なのか、僅かに興味が湧いた。

本当に彼女に素質があり、倉下のいう通り使えるのであれば、人間一人くらいならおいてもいいかもしれないと、本当に珍しく気まぐれを起こしてしまった。

「ハル」

「はぁい」

「ガキんちょのこと、コイツと一緒に頼むわ」

「合点承知！」

呼び声一つで、ソファの陰からこちらの様子を窺《うかが》っていた高校生くらいの少女が、待ってましたと足取り軽くやってきた。

黒髪を頭の高い位置でポニーテールにし、まるで原宿を歩いていそうなポップで個性的な服装の、静乃と同じくらいの背丈の少女。その中で一番目立つのは、首に巻かれた床を引きずる程長く太い縄だった。

少女が身につけるにはあまりに物々しいアクセサリーだと不思議に思ったが、きっと女子高生の間で流行しているファッションなのだと納得することにした。

相談所職員とは思えない程明るい少女の隣では、小学校低学年程の少年が不安げに静乃を見ていた。静乃は二人を見つめ立ち尽くした。

「入社試験」

「えっ」

「だから入社試験。ハルと一緒にそのガキんちょのこと助けてやって」

「は、はいっ！」

数秒の沈黙。彼がいったことを頭の中で噛《か》み砕き、ようやく理解できたのか静乃は大きく返事をした。

「山上静乃です、宜《よろ》しくお願いします！」

「ハルでーす。よろしくねー、シズちゃん」

深々と頭を下げる静乃に対し、人懐っこく手を振り挨拶《あいさつ》をするハル。年下のようだが優しそうな子でよかったと静乃はほっと息をついた。

「あの……私はこれから何をすれば」

「アタシと一緒にサトルっちを助けてあげよう」

「は、はい！」

入社試験だというのに、付き添い付きで一緒に仕事をするなんて良いのだろうか。

そう一瞬考えたものの、逆にいえば、今後の静乃の行動はハルによって所長に筒抜けになる。人懐こそうなハルに気を緩めてしまいそうになったが、これは入社試験だと、気を引き締めるように自分の頬を叩いた。

「えっと、サトル君……だよね。私は山上静乃っていいます」

泣《な》き腫《は》らした様子から、静乃はサトルという少年は迷子なのだろうと察した。

「しずのお姉ちゃんも一緒に来てくれるの？」

「うん。お姉ちゃんも一緒に行くよ。少しの間だけどよろしくね、サトル君」

その言葉にサトルは安心したようにはにかんだ。ようやく笑顔を見られて、ほっとして静乃も微笑んだ。

「よしっ、じゃあ暗くなる前に行こうか。所長行ってくるねー」

「ん、気ぃつけて。オオヤが戻ってきたら後で合流すんわ」

「はいはーい」

「いってきますっ！」

なんとも緩い会話を交わして、ハルと静乃はサトルの手を引きながら事務所を出ていった。

扉が閉じ、ハルの明るい声と静乃の足音が遠ざかっていくと、所長はやれやれと溜息をつき椅子に深く凭《もた》れかかり、煙草に火をつけた。

「ったくさぁ……お前らも懲《こ》りずに次から次へと面倒を持ち込んでくるよなぁ」

立て付けの悪そうな鈍い音を立てて再び扉が開き、寂しげな表情をした者達がぞろぞろ相談所の中に入ってくる。

落ち着いて一服しようと思ったらすぐこれだ。所長は体を起こすと、火をつけたばかりの煙草を灰皿に押し付けて、来客達を気怠《けだる》げな瞳で見上げた。

「ようこそアヤカシ相談所へ。お前らの悩み、聞いてやるよ」

＊

相談所を出た三人は、ビル街から住宅街へ歩いていた。

静乃とハルに手を引かれ、サトルは懸命に足を動かしている。

つい先ほどまで明るく会話を盛り上げてくれていたハルが、ビルから一歩外に出た瞬間スイッチが切れたようにぴたりと口を閉ざしてしまった。

決して空気が重いわけではないのだが、あれだけ賑《にぎ》やかだった後にこうも沈黙の時間が続くと、どうにもいたたまれなくなる。

沈黙に耐え切れなくなった静乃は必死に話題を探した。

「あ、あの……相談所は所長とハルさんのお二人でやっているんですか？」

聞いてから目をやると、ハルは鳩が豆鉄砲を食らったような表情で静乃を見た。

他愛ない世間話のつもりだったが、何か悪いことを聞いてしまったのだろうかと、静乃の眉が不安と焦りでみるみる下がっていく。

「す、すみません、私余計なことを……」

「ううん、そういうことじゃなくて！　シズちゃんが話したいなら、アタシは全然いいんだけど……」

静乃の不安げな表情を見て、ハルは慌てて首を横に振って否定した。行き交う人々をちらりと横目で見ながら遠慮がちに口を開いた。

「えっとね、相談所は三人でやってるよ。ついさっき出かけちゃったんだけど、後オオヤさんって人がいるの」

「オオヤさん？」

「見た目は熊みたいでちょっと怖いけど、強くて、大きくて、優しい……んーと、なんていえばいいかなぁ」

「おとうさんみたいな人」

「そう、それだ！　オーヤさんはアタシ達のお父さんみたいな人。さすがサトルっち、あったまいー」

サトルの一言で合点がいったようにハルは手を叩いた。そして助言をくれたサトルを褒めるように彼の頭を髪が乱れるほど撫で回す。

髪がぐちゃぐちゃになる、と抵抗しながらも、サトルは嬉しそうに笑っていた。先ほどのような賑やかな雰囲気に戻って、静乃はほっと胸を撫でおろした。

「そういえば、サトル君のお家ってどこなんですか」

「しらない」

「えっ」

住宅街まで歩いてきたところで飛び出したハルの暴露に驚いて、静乃は思わず足を止めた。なんの迷いもなく歩き続けていたからてっきりハルが行き先を知っているものだとばかり思っていた。

「じゃあ私達も迷子ってこと……」

「あれ、シズちゃんなんか勘違いしてる？　アタシ達サトルっちの家に向かってるわけじゃないよ」

「えっ、迷子のサトル君をお家に送りに行くんじゃ……」

「しずのお姉ちゃん、別にぼくは迷子じゃないよ」

「そうなの？」

静乃は迷子のサトルを家に送りにいくとばかり思っていたが、ハルはそうではないという。ハルとサトルは目的を理解しているようだが、静乃には何がなんだかさっぱり理解できていない。

「アタシ達はサトルっちを助けにいくんだよ。あ、でもどこに向かっているか分からないのはアタシも同じ」

「じゃあどっちみち迷子じゃないですか！」

「大丈夫だよ。ぼくがちゃんと案内するから心配しないで、お姉ちゃん」

声を上げた静乃の手をサトルが握りしめた。

本来なら励《はげ》まさなければならない立場だというのに、逆にサトルに励まされてしまい、静乃は困ったように苦笑いを浮かべた。まだ子供なのに自分達よりもしっかりしているサトルに、呆然とするばかりだった。

休日の昼下がりということもあって、通りがかった公園は沢山の子供達で賑わっていた。

子供達の笑い声、楽しそうに走り回る足音。先ほどまで廃《すた》れた不気味なビルの中にいたせいか、人が生きている気配というものをひしひしと感じて静乃はなぜだかほっと息をついた。その時静乃達の横をパトカーがゆっくりと通り過ぎていった。

「今日はパトカーよく見かけるね」

「最近子供がたくさん行方不明になっているらしいから、パトロールしてるんじゃないですか」

ハルが通り過ぎていくパトカーを目で追っていると途端にサトルの顔から笑みが消え、繋いでいる手に力が込められた。

近頃この近隣で子供の行方不明事件が立て続けに起きており、連日ニュース報道が繰り返されていた。そのためか公園には子供に付き添う親が何人も見えた。

しかし親同士世間話に花を咲かせたり、スマートフォンから一切目を離さない親もいたりと、子供の行動に目を光らせている親は少数のように見えた。

『自分の子供が誘拐されるわけがない』

行方不明事件なんて非日常なことが自分達に降りかかってくるはずはない。うちは大丈夫。平和な国だから親も子供も危機感が薄いのだろう。

「サトルっち？」

公園の横を通り過ぎようとした時、サトルはぴたりと足を止め、複雑そうな瞳で公園の中に視線を送っていた。

その表情に気づいたハルは足を止め、心配そうにサトルの顔を覗き込んだ。

「ちょっとだけ公園で遊んでいこうか？」

公園内からは子供達の楽しそうな笑い声が聞こえてくる。サトルもあの子供と年がそう変わらない、きっと一緒に遊びたいのだろう、と静乃は思った。

「ううん、大丈夫。遊びたいけど皆が待ってる。それに今のぼくがあそこで遊んだらみんなにメーワクかけちゃうし……」

行こう、と先を急ぐようにサトルは静乃達の手を引いた。遊びたいという気持ちを懸命に押し殺し、なるべく公園の中を見ないよう、必死に二人の腕を引っ張る。

そんな健気《けなげ》な彼の行動を見て静乃達は顔を見合わせ、ほぼ同時に頷いた。

ハルはサトルの手を放し彼の前に立つと、視線を合わせるようにしゃがみ込んで頭の上に手を乗せた。

「サトルっち。お母さんの所に帰ったら、暫く公園では遊べなくなるんだよ。少しくらいは大丈夫だから、今のうちに遊んでおいで」

「でも……」

「サトルっちはここまで一人で頑張ったもん。それくらいしても皆怒んないよ！」

ハルは嬉しそうに笑いながら、サトルの手を引いて公園に向かって駆け出した。

乗り気ではなかったサトルだったが、終いには楽しそうに公園へと駆けていく。そんなサトルの顔を見て、静乃は笑顔で後を追った。

＊

「お姉ちゃん、砂場でトンネル作ろう！」

三人は砂場で、誰かが忘れていったであろうおもちゃのスコップを拝借して大きな砂山を作り遊んでいた。

「そういえばさ、シズちゃんはリンちゃんの紹介でここに来たんだよね」

スコップで砂を積み上げながら、ハルが口を開いた。

「リンちゃん？」

「あ、えーっと、リンちゃんの苗字《みょうじ》は……倉下さん、だっけ。ほら、あの白髪でイケメンの……」

シズちゃん、サトルっち、とすぐ人に渾名《あだな》をつけて呼ぶハルは、あまり人の名前を覚えられないようだ。

うろ覚えで出てきた名を聞いて、静乃はすぐに頷いた。ハルのいう通り、芸能人のように整った容貌と目立つ髪色は、一度見たら簡単には忘れられないだろう。

「私、他の人より秀でた所なんてないし、できることなんて何もなくて。おまけに自分がやりたいことも分からずじまいで、採用試験を何社も落ちて困り果ててた時に倉下さんが声かけてくれたんですよ」

「なんにもできないかあ……人によってはアタシ達みたいなのとお話しできるだけで凄いっていわれると思うんだけど。というか、普通に接してくれるのがとっても嬉しいよ」

「私もハルさんみたいな可愛い子とお話しできてとっても楽しいですよ」

静乃に褒められたハルは照れ臭そうにはにかんだ。

「やだなぁ『ハルさん』なんて。一応、見た目はアタシの方が年下なんだし……ハルでいいよ」

確かにハルは静乃よりも年下に見えるが職歴上は先輩だ。さすがに呼び捨てはできないと、静乃は困ったように首を横に振った。

「え、で、でもハルさんの方が仕事上は先輩ですし……」

静乃が戸惑っていると、ハルがむず痒《がゆ》そうに体を掻《か》きむしった。

「あー、もうぞわぞわするっ！　アタシのことは呼び捨てで、敬語もなし！　これセンパイ命令だからっ。破ったら罰ゲームで甘いもの奢《おご》ってもらうから、はいスタート！」

「スタートって……まだ入社試験中で、ハルさんの後輩になれるか決まったわけじゃないんですけ――あ」

「はい、アウト。さん付けだし、おまけに敬語だし……今度コンビニのプレミアムロールケーキ二つ買ってきてね」

「っ、ああ……」

失態に気づき頭を抱えると、慰めるようにハルが静乃の肩を叩いた。

「シズちゃんならきっと大丈夫だよ。そんで合格したら、一緒にロールケーキ食べよ」

「……うん」

早速ハルの先輩命令を破ってしまい不満げな表情で詰め寄られた。容赦《ようしゃ》無く罰を告げられたものの、なんだか自分が相談所で働くことを認めてくれたような気がして嬉しさがこみ上げてきた。

「じゃあ……ハルちゃんって呼んでもいいかな？」

「もちろんさ！　よろしくね、シズちゃん」

改めて名前を呼ぶとハルは太陽のように明るい満面の笑みを浮かべた。

こんな人達と一緒に働けたら幸せだろうと、静乃は就職活動を開始してから初めて、作り笑顔ではない自然な笑みを浮かべたのだった。

「お姉ちゃん達仲良しさんだね」

サトルの声が聞こえて視線を向けると、いつの間にか完成していた大きな砂山にトンネルが開通していた。その穴の向こうからサトルがこちらに向かって手を振っていた。

「もちろんサトルっちとも仲良しだよぉ～」

「う、うわっ、くすぐったいよハルお姉ちゃん！　砂ついちゃう！」

ハルは砂山を飛び越えてすかさずサトルに飛びついて、可愛がるように抱きしめながら全身をくすぐった。目に涙を浮かべながら楽しそうに笑うサトルを見て静乃も思わず笑みを零した。

「ほらほら、次は鬼ごっこするよ。アタシが鬼やるから、サトルっちとシズちゃんは逃げるのだ」

突然の鬼ごっこ宣言をしたと思うと、ハルはなんの容赦もなく手を叩いてカウントダウンを始めた。順応が早いサトルはきゃっきゃと楽しそうに笑って砂場から距離を取った。

「しずのお姉ちゃんも早く逃げよ！　ハルお姉ちゃんに捕まっちゃうよ！」

「しぃーち、はぁーち、きゅーう……」

十になったらハルは走り出すのだろう。鬼ごっこなんて何年ぶりだろうか。サトルの楽しげな声につられるように静乃は立ち上がり、手についた砂と、パンプスの中に入った砂を払って足を動かそうとした時だった。

「すみません。息子を、息子を見ませんでしたか！」

ハルの声に被るように公園の中に悲痛な叫び声が響いた。楽しそうに笑っていたサトルが突然真顔になって、思わずハルも動きを止め、声の主を見た。

そこにはやつれた女性が沢山のチラシを手に、ふらふらと公園内の子供や親に声をかけていた。誰かを探しているようだが、話しかける度皆に首を横に振られ、女性の肩は徐々に下がって小さくなっていく。

公園内の人々に粗方《あらかた》声をかけ終えると、こちらに近づいてきた。

「すみません。息子をご存知ありませんか」

女性は静乃より前にいたハルとサトルには気づかず通り過ぎ、静乃に一枚のチラシを差し出した。

行方不明になっている子供の母親だろうか。まだ年若そうに見えるが、ろくに睡眠を取っていないのか、目元には所長よりもくっきりと色濃い隈が刻まれていた。あまりにも痛々しい姿に、静乃は心配になりながらも差し出されたチラシに目をやる。

「え――」

しかしそこに大きく印刷された写真を見て、驚愕のあまり、受け取ろうとした手を思わず引っ込めてしまった。

「しずのお姉ちゃん、いこう」

サトルは静乃の元に戻ってきて、その女性を恋しそうな瞳で見つめると、静乃の手を強く引いた。

「サトル君？」

サトルは涙を堪えるように唇《くちびる》を噛みしめ黙々と歩き続けた。

振り返ると、道行く人にチラシを配り歩く女性がみるみる遠ざかっていく。一瞬しか見えなかったが、先ほど女性が渡そうとした写真の人物は――。

「サトル君！」

もう一度サトルの名を大きな声で呼んだ。彼がようやく足を止めたのは、何度も道を曲がり公園から離れた場所だった。

「……ぼくが、お母さんに嘘をついたから。バチが当たったんだ」

「サトル君、君のお母さんは――」

先程の女性だったのではないのか、と言葉を続けようとした時ハルが彼女の背中を軽くたたいた。

「……シズちゃん、行こう。早く、サトルっちを助けてあげよう」

二人に引きずられ、静乃は頭の整理がつかないまま足を動かす。

何故サトルは今自分の前にいるのか。そして何故あの女性は目の前にいるサトルに気づかなかったのか。そしてあの女性が配っていた写真の少年は——。

こんなこと現実に起こり得るはずがない。

だが冗談でも、ましてや夢でもない。幾ら信じ難くとも目の前で起きていることは紛れもない現実だった。

＊

「ここだよ」

サトルに手を引かれ歩くこと十分弱。サトルは住宅街の外れにある、どこにでもあるような古びたアパートの前で足を止めた。

「この中に皆がいるの？」

ハルの問いかけにサトルは真剣な表情で頷いた。

「うん、一階の一番奥だよ。ぼくは皆を助けてほしくて相談所にいったんだ」

「すぐに警察に電話しないと——」

「待った」

「うわっ！」

ポケットから携帯電話を取り出そうとした瞬間、背後から声をかけられて静乃は驚く。

三人の背後には、背を丸めポケットに手を突っ込み、気だるそうに静乃を見下ろす所長が立っていた。

「しょ、所長さん……なんでここに」

「ハルから連絡もらってね。オオヤが帰ってきたから客押し付けてきた」

大きなあくびを一つ零して、所長は労《ねぎら》うように静乃の肩を叩いた。

「さっさと行くぞ。場所どこなの」

「あ、うん。このアパートの一階の一番奥の部屋……」

ハルに場所を確認すると、所長はまるで友人の家にでも遊びに行くような軽い足取りで進む。彼の後ろにハルとサトルも続いた。

サトルのいう通りであればこのアパートの中に行方不明の子供達がいるはず。子供達が一箇所にいるということはつまり、彼らを誘拐した犯人がいるのだろう。それだというのに所長は全く恐怖を感じていないようだった。

アパートの一階再奥の部屋の前に立つと、彼はチャイムを押すこともなくいきなりドアノブに手をかけ乱暴に回した。

住人は留守のようで鍵が閉められており、当然開くはずもなかった。扉横にある小窓は磨りガラスで中の様子を窺うことはできない。

他の部屋にも人が住んでいるようだが、明らかにこの部屋は様子がおかしかった。

もちろん外観は他の部屋となんら変わりはないのだが、扉の前に立つだけで背筋が凍《こお》りつくような、なんとも形容しがたい不気味な雰囲気が漂っている。

「ちょっと待って下さい。もしこの中に行方不明の子がいるのであれば、警察に電話した方が――悪い人が中にいたら鉢合わせることになりますよ」

「こんだけ騒いで何も反応がないなら留守だろ……ハルさっさとやって」

「りょーかい！」

潔《いさぎよ》い返事が聞こえた瞬間目の前にいたハルが吸い込まれるように扉の向こう側に消えた。何が起きたか分からなくて、静乃は顎《あご》が外れそうな程口をあんぐりと開けて目を瞬かせた。

「えっ、え、ええっ……ハルちゃん⁉」

思わず扉に両手をついたが、もちろん静乃の手が扉に吸い込まれることはない。

ハルが消えて数秒後、部屋の中からがちゃりと音がして扉がゆっくりと開き、ハルがひょこりと顔を覗かせた。

「ふっふっふっ、不法侵入なんてお手のものさっ」

「よくやった」

所長に褒められるとハルは誇らしげに胸を張って、来客を招くようにどうぞどうぞと扉を全開にした。

どんな不気味な空間が広がっているのかと思えば、目の前には何の変哲も無い玄関が広がっているだけで、思わず呆気にとられてしまう。

所長は迷いもなく平然とおまけに土足で目の前の部屋に上がり込んだ。

ここまでくればもう意地だと、静乃も彼の後に続いて部屋に上がった。しかし土足で上がるほど肝は据わっておらず、靴を脱ぎ下駄箱の傍《そば》にきちんと揃えた。

一方でサトルは部屋の前で立ち竦んでいた。

「もう場所は分かったから、お前は無理についてこなくてもいいよ」

気遣うような所長の言葉に、サトルは俯いて小さな拳を強く握りしめた。余程この部屋の中で恐ろしい目に遭《あ》ったのだろう。その体は小刻みに震えていた。

「サトルっちが残るなら、アタシが一緒にいるよ。何かあったらすぐ所長にしらせ……」

固まったままのサトルの傍にいようとハルが外に出ようとした瞬間、彼は覚悟を決めたように顔を上げ自らの室内に足を踏み入れ、逃げないといわんばかりに扉を思い切り閉めた。

「ぼくも行く。最後までちゃんと案内する」

「がきんちょのくせに、男前じゃん」

「がきんちょじゃなくて、サトルだよ。おじさん」

「はっ、口も達者なことで……」

いい返してくるサトルの頭に手を乗せて、所長は僅かに口角を上げた。そして自身が先頭に立ち短い廊下を歩くと部屋の奥へ続く扉を開けた。

「……これは」

扉の向こうはリビングだった。テレビにソファ、そして本棚。窓に掛けられたレースカーテン越しに明るい日差しが差し込んでいる。キッチンもリビングも気味が悪いほど綺麗《きれい》に整理整頓されていた。毎日掃除しているのかフローリングは埃一つない。とてもではないがここに何人もの子供達が監禁されているとは思えなかった。

「なんだか臭いません？　何かが腐ったような……」

一歩部屋に足を踏み入れた瞬間違和感を覚えた。綺麗な部屋には似合わない、鼻持ちならない腐臭が部屋中に漂っているのだ。

こんな悪臭を漂わせているのに綺麗すぎる部屋——震えるほど気味が悪い。

「サトル、お前らはどこだ」

「ぼくは……ぼく達はこの奥の部屋にいるよ」

サトルが指差した先には横開きの扉があった。この部屋の間取りは１ＬＤＫのようで、つまり部屋はもう一つ存在している。

皆が感じた悪臭の原因はこの奥にあるのだろう。前に立つだけで感じる悪寒。この先に入ってはいけないと、静乃の頭の中で警鐘がなっている。

「開けるよ」

何の合図もなく、躊躇《ためら》いなしに所長は扉を開けた。

その奥は明るいリビングと相対するように真っ暗闇が広がっていた。リビングの光が多少差し込むものの、部屋の中がどうなっているかまでは視認できなかった。

「うっ」

扉を開けた瞬間、肉を酷く腐らせたような悪臭で吐き気がこみ上げてきた。無表情の所長が眉を顰《ひそ》めていて、今まで嗅いだことが無い、鼻にこびりつく酷い臭いだった。

静乃は込み上げてくる嘔吐感を必死に抑え、ハンカチで鼻と口元を覆った。

「所長、シズちゃんに見せるのは……」

「そうだな。お前、サトルとここで待っててていいよ」

スマートフォンのライトを点《つ》けて所長とハルは二人で部屋の中に入ろうとする。

「だ、大丈夫です。いけます」

本当はこの先に進みたくなんてなかったが、精一杯の強がりだった。

皆が部屋に足を踏み入れ、所長がライトで部屋の中を照らした瞬間、静乃は両手で口元を押さえた。崩れ落ちないように足を踏ん張るのが精一杯で、目を逸《そ》らすこともできない。ハルは静乃を支えながら悲しそうにその惨状に目を向けた。

「――――」

誰も言葉を発さなかった。否《いな》、発せなかった。

暗闇の中には言葉を失う程の惨状が広がっていた。綺麗に掃除されていたリビングとは正反対に、その部屋には足の踏み場がないほど色々なものが散乱していた。大量のゴミ、子供物の洋服、ランドセル、教科書。あちらこちらに投げ捨てられている黒いゴミ袋。そしてその部屋の中心には、数名の子供達の骸《むくろ》が積み重なるように倒れていた。

ドラマで見る事件現場とは比べ物にならないあまりにも残虐《ざんぎゃく》な光景に、静乃は込み上げてきた吐き気を必死で呑《の》み込んだ。

「おじさん。まだ生きている子がいるんだ。助けてあげて」

サトルは部屋の隅を指差した。この悲惨な状況の中で生きている子がいるとすれば本当に奇跡だ。

所長は慌ててサトルが指差した方にライトを動かした。そこには確かに、部屋の隅で膝を抱えて震えている少女がいた。所長はすかさず少女に近づいて、揺すりながら軽くぺちぺちと頬を叩く。

「おい、大丈夫か」

「おにいちゃん、だあれ……」

「よし、よく頑張ったな。もう大丈夫」

しっかりした返答があったことに安心したように頷いて、少女の頭に手を乗せた。

「新入り。警察と救急に電話して」

「──────」

放心状態の静乃に所長の声は届いていなかった。慣れていない彼女がこの惨状を見て正常でいられないのは当たり前のことだろう。所長は面倒臭そうに舌打ちして、静乃の背中を思い切り叩き、その耳元で声を張り上げた。

「新入りしっかりしろ！　そこの電話で、警察と救急に連絡！」

「ひっ、はっ、は、はい!!」

我に返った静乃は慌てて電話に向かった。しかし手が震えて受話器が滑《すべ》り、中々上手く掴めない。掴んではとり落とす、掴んではとり落とすを繰り返し、一向にかけられなかった。

嗚呼《ああ》、何故自分は肝心な時に何もできないのだろうか。頭の片隅で冷静に自嘲《じちょう》する余裕はあるのに、頭と違い体は思い通りに動いてくれなかった。

「やばいよ、所長！　住人さん帰ってきた！」

ハルの声で再び静乃の体が震えた。サトルと所長の腕の中にいる少女の体が強張《こわば》る。こちらに近づいてくる足音が確かに聞こえてきた。

早く、早く電話をしなければならないと思えば思う程、手は上手く動いてくれない。このままでは犯人と鉢合わせてしまう。

所長は面倒臭そうに溜息をついて、顔色一つ変えず部屋の扉を閉めた。そして静乃に少女を預け、携帯のライトを消した。部屋の中が暗闇に包まれる。

「あ、あのっ、どうするんですか」

「黙って」

所長は運動前のストレッチをするかのように首や腕を動かして体を温めている。犯人と直接やり合うつもりのようだ。

静乃は怯《おび》える少女とサトルを強く抱きしめ息を潜《ひそ》めた。

扉が開く音がすると、足音が室内に入ってきた。

戸締りして出掛けたはずの部屋の鍵が開いていたのだからさぞ住人は驚いているだろう。部屋にこんなものを隠しているなら尚更だ。そして重大な秘密が無事か確認するために、必ず住人は真っ先にこの部屋に入ってくるだろう。

扉が僅かに揺れた。扉一枚挟んで目の前にいる殺人鬼が今まさにこの部屋の襖《ふすま》を開けようとしている。所長はぐっと拳を握りしめ、その場にいた全ての人物が息を呑んだ瞬間、真っ暗だった部屋に眩《まばゆ》い光が差し込んできた。

「な、なんだおまえ！」

所長は手にしていた携帯のライトで男の目を照らし、ひるんだところで一気に攻撃を仕掛けた。

犯人も武術の心得があるのか、咄嗟《とっさ》に構えを取るが不意をついた所長の攻撃の方が早かった。鼻っ面に一発、仰《の》け反《ぞ》ったところを股間に蹴りを一発、そして崩れ落ちそうになったところに顎に蹴りをもう一発食らわすと犯人は無様《ぶざま》に倒れ込んだ。

「この糞野郎《くそやろう》」

「さっすが、所長！　かっこいい！　惚れちゃう！」

ハルの歓声に手を上げて応えながら、所長は手近にあった粘着《ねんちゃく》テープを手に気絶している犯人に馬乗りになった。

伸びている犯人は小柄な所長よりも幾分か背が高く屈強《くっきょう》ではあったが、こんな残忍なことをするようには思えない、優しそうな顔をしていた。

「サトル」

「なあに」

「お前みたいな賢そうなのが知らないヤツについていくようには見えないんだけど。

何があった」

所長は犯人の手足を粘着テープで縛《しば》りながら淡々と問いかけた。

「ぼく友達の家に遊びにいくって、嘘ついて、お母さんの誕生日プレゼントを買いに行ったんだ……お母さんをおどろかせようと思って。でも、家に帰ったらカギが開いていなくて。家の前でずっと待ってたらその人に声かけられたんだ」

サトルは犯人を見ないように視線を逸らして、当時を思い出し悔しそうに口を開いた。犯人の拘束が終わった所長は犯人の上に座ったままサトルの話に耳を傾ける。

「あの日はとっても寒い日で……全身濡れてて風が冷たくてとっても寒かった。そしたら、雨宿りしながら待つといいよ、って誘われて、ついていっちゃったんだ……パトカーに乗ってたから、大丈夫だと、思ったんだ」

「まさか」

皆が息を呑んだ。信じられない。そんなもの誰だって、ましてや子供ならついて行ってしまうに決まっている。市民を守るヒーローの象徴である彼らがそんなことをするなんて到底信じられない。

「交番で、着替えを貸してもらって。温かいココアを淹《い》れてくれて、そしたら眠くなって……気がついたら、ぼくは……ここにいたんだ」

「……つくづく、糞野郎だなこいつ」

先ほど公園の前でパトカーを見たサトルが、顔を強張らせた理由に合点がいった。この警察官の男はパトロールと称して品定めをしていたのだ。たった一人で寂しそうにしている子供を。

吐き気を催《もよお》すほどの嫌悪感が込み上げてきて、皆何も言葉を発せなかった。

所長は犯人が暫くは目を覚まさないと踏み、立ち上がってサトルに歩み寄った。

サトルが不思議そうに所長を見上げると、その頭を乱暴に撫でまわした。

「お前、偉いじゃん」

「わわっ……痛いよ、おじさん」

「……おじさんじゃなくてオニーサンな」

「ありがと、おじさん」

緊張の糸が解けたように、サトルは意地悪そうな笑みを浮かべた。先ほどの仕返しといわんばかりに、わざとおじさんと呼びかける。

所長は不満げながら黙ってサトルの頭を撫でていた。

「新入り、警察に電話」

「はい！」

そういえばまだ警察に連絡していないことを思い出した。短時間に非日常的なことが起こりすぎて静乃の頭は容量オーバーを起こし、一周回って冷静になっていた。おかげで手の震えはぴったりと止まり、すんなりと電話をかけることに成功した。しどろもどろになりながら住所を伝え、悪戯《いたずら》だと思われないように深刻さを醸《かも》し出し、そして自身の名前を告げることなく電話を切った。

「す、すぐに来てくれるようです」

「ん、じゃあ警察が来る前に帰るぞ」

「な、なんで。いなくて大丈夫なんですか！」

逃げるように立ち去ろうとする所長を慌てて引き止めた。

「警察にこの状況をどうやって説明すんのさ」

「所長達がいたらややこしくなるし、ささっと帰った方が身のためだよ」

反論はできなかった。この異様な空間に縛られた犯人と、無関係な人間がいることが知れたら余計話がこじれてしまうだろう。確かにハルのいう通り、このまま何もせず帰るのが一番だろう。納得しつつも、静乃は腕の中にいる生存者の少女に視線を移した。彼女は怯えたように静乃を見上げ、離さないといわんばかりにスーツに皺が寄るほど強く握りしめていた。

「ごめん、俺達は行かなきゃならないんだ。もうすぐ本物のお巡りさんが来てくれるから、あとちょっとの辛抱だ」

所長は静乃の腕の中から少女を抱き上げ、慰めるように背中を何度か摩《さす》りながらリビングのソファに座らせた。少女は床に倒れている犯人の様子を不安げに窺っている。

「こいつは多分起きないし、もし起きても動けないから大丈夫」

どれほどの力で殴ったのか分からないが、所長のいう通り、犯人は一向に目を覚ます気配はない。仮に目を覚ましたとしても、膝を抱えるような姿勢で手足を粘着テープで頑丈に巻いたので、そう簡単に動くことはできないだろう。

少女が小さく頷くのを見ると彼は静乃の横を通り過ぎ、未だに暗闇に包まれている部屋のカーテンをなんの躊躇《ためら》いもなく開けた。

「所長！」

「……こんな暗い場所で眠りたくないだろ」

日が傾き始めているものの、部屋には十分な明かりが差し込みその惨状をはっきりと浮かび上がらせた。

本来は警察が来るまで何にも触れてはいけないのかもしれないが、所長はあくまでも亡くなった子供達を案じていた。無理矢理重なり合っている亡骸の体勢を直し、開いたまま虚空《こくう》を見ている子供達の目を、一人ひとり閉じていった。

「よく、頑張ったね。もうすぐお家帰れるよ」

それを見た静乃も、所長に続いて子供達の目を閉じていく。乱れた髪を直し頬に手を触れると、冷たい温もりを感じた。労いの言葉をかけながら、その目を優しく閉じた。数日ぶりに陽の光を浴びた彼らの表情は少しだけ、ほんの少しだけ安らかに見えた。

「しずのお姉ちゃん」

静乃の背中にサトルが抱きついた。触れられている感触はあるものの、なんの温もりも感じられなかった。

「助けてくれてほんとうにありがとう」

「私は何も……してないよ」

犯人を倒したのも、子供達を救ったのも所長だ。自分は何もできなかったと、静乃は悔しげに首を横に振った。

「ううん。手をつないで、一緒に歩いて、遊んで、お話ししてくれた。それだけでぼくはとっても嬉しかったよ」

静乃が振り返ると、サトルは安らかな笑みを浮かべていた。その表情を見て鼻の奥がつんとする。泣きそうな顔を見られないようにサトルを抱きしめた。

「……ねえ、しずのお姉ちゃん」

「なぁに？」

肩越しに悲しげな声が聞こえた。静乃は彼の背中を摩《さす》りながら続きを促した。

「お母さん、怒ってないかな」

初めてサトルの口から弱音が出た。何かに堪《た》えるように小さな体が震え始めている。

「ぼくが嘘ついて、怒ってないかな」

全てが解決して安心したのだろう。今まで堰《せ》き止めていた思いが次から次へと溢れ出した。

「驚かせたかったんだ。お母さんが欲しがってたくまのぬいぐるみをプレゼントして……お誕生日おめでとうっていいたかったの。でも、でも……お家開かなかったの」

サトルはしゃくりあげ、支離滅裂ながらも溜めていた気持ちを吐露《とろ》した。静乃は黙ってその背中を摩《さす》りながら言葉が出尽くすまで相槌《あいづち》を打ちながら聞いていた。

「ぼくがお母さんに嘘をついちゃったから。バチが当たったんだ。このままお家に帰れなかったらどうしよう……」

母親のためにたった一度だけついた優しい嘘。その後降りかかった災厄に彼はずっと罪悪感を抱えていた。

静乃は公園で会ったサトルの母を思い出した。彼女は窶《やつ》れながらも懸命に愛しい我が子を探し回っていた。全てを投げ打ってでも我が子の無事を、祈っていたにちがいない。

死んだ人間は決して蘇《よみがえ》らない。そして愛しい息子を失った深い深い悲しみを静乃が癒《いや》すことも、できない。

――ならば、自分にできることはなんだろう。

「お母さん、きっと怒ってないよ。だってとってもサトル君を心配していたもん」

自分ができることは、今目の前にいる少年と向き合うことだ。

「でも、でも……」

「お母さんはサトル君のこと大好きだよ。だから、お家帰ってプレゼント渡して……おめでとうっていおう」

埋《うず》めていた顔を上げ、静乃を見つめたサトルの目には今にも零れ落ちそうな大粒の涙が浮かんでいた。

「お母さん……プレゼント受け取ってくれるかな。喜んでくれるかな」

「サトルくんが大好きなお母さんを思って選んだんだもん。喜んでくれるよ！」

静乃は微笑んで彼を強く抱きしめた。こうしなければいけないと思ったから。

「一人で……よく頑張ったね。だから、もう泣いていいんだよ」

プレゼントを買いに行った時も、玄関で家族の帰りを待っていた時も、そして最期の時も――彼はずっと一人だった。

そんな彼を労《ねぎら》うように、静乃は優しく頭を撫でた。サトルの体は温かくも冷たくもなかった。君はここにいるのだと、存在を確かめるように何度も頭を撫でた。

静乃の肩に顔を埋め、初めて大声を出して泣き出したサトルの背中をずっとさすり続けた。遠くからサイレンの音が聞こえ始めるまで、所長とハルも黙って二人を見守り続けていた。

＊

「これで良かったんでしょうか」

サイレンの音から離れるように、三人は並んで相談所への帰路に就いていた。

泣きやんだサトルは、憑《つ》き物《もの》が落ちたように晴れ晴れとした表情で、警察が来るまで少女の傍にいるとアパートに残った。

「俺達にできることはやった。後は警察がなんとかしてくれるだろ」

「大丈夫だよ。サトルっちも、他の子達もなぁんにも悪くないから、アタシと違って然るべき場所にちゃんといけると思うよ」

静乃は足を止めて、アパートの方を振り向いた。先ほどサトルを抱きしめていて思い出したことがあった。

静乃は幼い頃両親を亡くし、田舎の山奥に住んでいる祖父母に引き取られた。

近所に年の近い友人もおらず、遊びに行く公園もない。決まって静乃は良く日が当たる家の縁側《えんがわ》で祖父と茶を飲んでいた。二人で将棋をしたり、しりとりをしたり、他愛もない会話をしていると誰かが祖父を訪ねてくるのだ。

そしてその来客達は、皆どこか寂しそうな顔をしていたことを子供ながらに覚えている。突然の来客にも祖父は困った顔一つせず、どうぞおあがり、と笑顔で来客に茶と茶菓子を差し出した。

祖父に言葉を受け止めてもらった来客は、もういかねば、と席を立つ。その表情と、立ち去ろうとする後ろ姿にはまだ寂しさが滲《にじ》んでいた。

その背中がたまらなく悲しくて、静乃は思わず来客の手を引いた。そして足を止めた来客達に祖父は決まってこういうのだ。

「いつでもおいで。お茶くらいしか出せないが、話し相手にはなれるから」

そうすると来客達は寂しげな表情を一変させて、とてもとても嬉しそうに、話を聞いてもらえただけで救われたように微笑んだのだ。そして別れ際、温かくも冷たくもない手で頭を撫でられた感触を覚えている。

「じっちゃみたいにできた……のかな」

幼心に祖父のように誰かを笑顔にしたいと思ったことを思い出した。少しでもサトルの心に寄り添えただろうか、とサトルがいるであろうアパートの方向をじっと見つめた。

「シーズちゃん。早く帰ろう」

ハルは立ち止まっている静乃の所にやって来ると、手を取って歩き出した。その手は、幼い頃頭を撫でてくれた彼らと同じように温かくも冷たくもない、不思議だけれどとても優しい感覚がした。

＊

「たっだいまー！」

「おう、おかえり」

ハルが相談所の扉を開けて元気良く飛び込んでいった。

「ただいま帰りま……した」

ハルに続いて相談所に入った瞬間目に飛び込んで来たものに驚いて静乃は硬直した。視線の先では、黒い狛犬《こまいぬ》を模したような着ぐるみが、パソコンを弄《いじ》りながら優雅にコーヒーを啜《すす》っていた。風も吹いていないのに黒い煙のようなゆらゆらとした毛並みが揺らめいている。なんて精巧な着ぐるみだろう。

夢か幻と思って何度も目を擦ったが、目の前の黒い塊は消えることなくパソコンを弄っていた。その背後に歩み寄って恐る恐る手を伸ばすと、煙に触るような奇妙な感触がした。

「何をするのだ」

「喋《しゃべ》った！」

獣の唸り声のような低く掠《かす》れた声を発して、それは振り向いた。

鋭く生《は》えそろった犬歯、そして射貫《いぬ》くような鋭い瞳に睨まれて、静乃はすかさず手を引いて後ずさった。

「あ、あの。どちら様で……しょうか……」

「儂《わし》はオオヤと呼ばれている。主《ぬし》こそ誰だ」

熊に似てて、怖くて、大きくて、強くて、優しい、お父さんみたいなもう一人の相談所職員とは彼のことだろう。初対面の上司にいきなり失態を晒《さら》してしまい、静乃は真っ青な顔で深々と頭を下げた。

「し、失礼しました！　わ、私その、現在入社試験中の山上静乃と申します！　宜しくお願い致します！」

鋭い視線を感じて、さらに静乃は身を固くした。あの尖《とが》った牙《きば》で生きたまま踊り食いにされたらどうしようなどと、嫌な想像が頭を過《よぎ》る。

暫しの沈黙の後、げらげらと豪快《ごうかい》な笑い声が聞こえ、恐る恐る静乃は頭を上げた。

「……お主、面白いのぉ。取って食ったりせぬから安心せい」

「ね、アタシがいった通り、お父さんみたいでしょ」

「お、お父さんというか……なんというか……」

おかしげに笑いながらハルは静乃の腕に抱きついた。あのあまりにも抽象的な説明があながち的外れではなくて静乃は納得しながら頷くしかできなかった。

「それはそうと、童達《わらべ》を殺《あや》めた犯人が捕まったみたいだぞ」

オオヤは熊のような大きな手で、小さなリモコンを器用につかみテレビのスイッチをつけた。

『ただいま入ったニュースです。本日十六時頃、相次いで行方不明となっていた子供達とみられる遺体がアパートの室内から発見されました。警察はその部屋に住んでいた三十代警察官の男を、殺人及び死体遺棄《いき》の疑いで――』

古いアナログテレビの画面にはニュースキャスターと先程行ったアパートが映し出されていた。

事件の詳細は報じていなかったが、行方不明者の死体が発見されたこと、唯一の生存者であった少女が病院に無事搬送されたことを知り、皆ほっと胸を撫でおろした。

「お前意外と根性あんじゃん」

「ひゃっ!?」

頬に冷たさを感じて小さく悲鳴を上げると、所長が冷たいお茶が入ったペットボトルを静乃の頬に張り付けていた。

「……あ、りがとうございます」

差し出されたペットボトルを受け取り礼を述べると、所長はふんと鼻で返事をして椅子に戻っていった。蓋を開けて一口含むと、渇ききった体に浸透していくようで喉を鳴らしてお茶を喉に流し込んでいく。

「それにしても、サトルっちはおっとこまえだったよねえ」

「自分を見つけて欲しくて、まだ生きてるガキんちょを助けたくて一人でここまで来たんだろう。通報は生きてる人間しかできないから」

ずっと繋いでいたサトルの手の感覚が曖昧《あいまい》になっていく。サトルは一体何者だったのだろうかと、その顔を、あの温もりを忘れないように、静乃は自身の手を強く握りしめた。

所長は疲れたように煙草に火をつけて、溜息と一緒に煙を吐き出すと椅子に凭れかかりながら静乃に声をかけた。

「大学卒業するまでバイトこられる？」

「え？」

きょとんと間抜けな表情を浮かべる静乃を、所長は手招きした。

首を傾げながら静乃がデスクの前に行くと、僅かに椅子から腰を浮かし彼女の額に思い切りデコピンを食らわせた。骨を叩くような鈍い音がして、静乃は涙目になり額を押さえた。

「いっ……！」

「内定だっていってんの。俺はアヤカシ相談所所長のササキだ。そういうわけだから明日からよろしく、山上静乃サン」

「あ……ありがとうございます！」

「やったね、シズちゃんこれで一緒に働けるねっ！　お祝いにケーキ奢ったげるよ！」

座っていたハルが立ち上がり、勢いよく静乃に抱き着いた。感極まって静乃も思い切りハルを抱きしめ返した。

ようやく自分を認めてくれる人達と出会えた嬉しさと、就職活動の終わりが見えた嬉しさがこみ上げてきた。その喜びの傍《かたわ》らで、一つの疑問が刻々と浮かび上がってきた。

「あ、あのっ」

「なに」

「……アヤカシ相談所、ってなんですか」

「は」

ササキの煙草から灰が落ち、静乃以外の三名の間の抜けた声が重なった。

「ここは、霊専用の相談所だよ。ここに来るお客さんはみーんな幽霊さん」

「だから、普通の人間はそうそう雇えないんだよ。お前は大丈夫そうだから合格にしたけど」

「くくっ、人間を雇わないのはお主が人間嫌いだからだろう。人間の癖に人間が嫌いとはつくづく面白い奴だのぉ」

啞然《あぜん》としている静乃を置いて、三人は和気藹々《わきあいあい》と会話を進めている。衝撃的な言葉の連続に、静乃は片手で頭を押さえながら三人の会話を手で制した。

「あの……ちょっと待ってください。私、霊なんて見えませんよ」

「……はぁ!?」

ハルの顔が凍りつき、所長があんぐりと口を開けて咥《くわ》えていた煙草が落ち、がたりとオオヤが立ち上がる音がした。

その場にいた全員の突き刺さるような視線を浴び、静乃は何かまずいことをいってしまったのだろうかと困ったように視線を泳がした。沈黙が続く中、ハルが恐る恐る口を開いた。

「えっとさ……シズちゃん、アタシのこと見えてるんだよね」

「え？　うん、もちろん」

「そこにいる黒いやつ、見えてる？」

所長が指差した先に見えるオオヤがひらりと片手を上げた。その動きも姿も、表情も全て鮮明に見えている。

「見えて、いますよ」

それの何がおかしいのだろうかといわんばかりに真面目に頷いた静乃の反応をみて、所長は本日何度目かの大きな溜息をついた。

「こいつらも霊だよ。この中で生きてる人間はお前と俺だけ」

「え、うっそ！」

今度は静乃が驚く番だった。ぱちくりと目を瞬かせながら信じられないといわんばかりに手で口元を覆う。

「ちなみに一つ聞きたいんだけど……倉下からはなんの説明もなかったの」

頭が痛いというそぶりをしながら所長が口を挟んだ。

「えっと普通に相談所で働いてみないかっていわれて……詳しい説明は特に、何も」

「あの馬鹿、どんだけ捻《ひね》くれてんだよ……」

所長は頭を抱えたまま灰皿に煙草を押し付けた。その一方で納得したようにハルは頷き始めた。

「あー……だから、シズちゃん外でも普通に話しかけてくれたんだね。普通見える人って人前じゃ絶対話しかけてこないからびっくりしちゃって……」

サトルを連れて相談所を出た際、ハルが急に黙ったのは自分達が話しかけることで静乃が周りから異質な目で見られないようにと気遣ってくれたようだ。

「だから急に話さなくなったんだ！　てっきり私が何か悪いことをしたと思って、すっごい怖かったんだよ」

「……見える人だって本当に気づいてなかったみたいだね」

ハルが苦笑を浮かべる前で、静乃はあの時の沈黙は自分のせいではなかったのだと分かり、晴れ晴れとした笑みを浮かべた。

「信じられねぇ……お前どんだけ馬鹿なの」

目の前で繰り広げられる会話に心底呆れた様子で所長はとうとう両手で頭を抱え始めてしまった。

こうして幽霊二名、生者一名という異色な職員達に囲まれて、山上静乃は世にも奇妙なアヤカシ相談所で働くこととなったのだった。

第二話　肝試しのマナー

「生きている人間とは、面白いものだよ」

真っ白な旧友は、そういってよく笑っていた。

自分達と人間とでは、時間感覚も違えば価値観も違う。同じ場所に住む別世界の存在なのだ。仮にもこちら側の管理者であるはずの彼女が、何故あちら側の人間を好いているのか。男には非常に不可解で、たまらなく不快だった。

「何故そんなに人間が好きなのだ」

眉間に皺を寄せる男を、旧友は苦笑しながら見上げた。

「そういうお前は、何故そんなに人間が嫌いなんだ。幽霊達だって元を辿れば人間じゃないか」

「人間はこの世で最も恐ろしい生き物だ。嘘つきで、狡《ずる》く、平気で人を苦しめ裏切る。ここにいるのはそんな苦しみから逃げ、彷徨《さまよ》っている愚《おろ》かで不憫《ふびん》な者達ばかりだ。儂はそんな彼らが、行くべき場所に逝く日まで見守っているだけだよ」

「座敷童《ざしきわらし》達と同様に、人の子も可愛いものだよ。最近可愛い友が出来たんだよ。いつかお前に紹介してやろう。きっと仲良くなれる」

彼女は楽しげに笑いながら、男を優しい眼差《まなざ》しで見つめていた。

途方も無い長い時間を二人は共にずっと過ごしていた。しかしその日々はある日突然終わりを告げる。彼女は男の前から姿を消して、二度と現れることはなかった。彼女は皮肉なことに、自分が愛した人間の手によって葬《ほうむ》られたのだと風の噂《うわさ》で耳にした。

それから幾ばくか時が過ぎ、残された男は相変わらず一人で街を見下ろしている。少し変わったことといえば、男が嫌いなりに、少しずつ人間達を受け入れ始めているということ。

人間達のためではない。この場所に人間達が来るようになれば、いつかひょっこりとまた彼女が戻って来ると思ったからだ。

「これがお主の望んでいたことなのか」

真っ黒な空に呟いた言葉に答えは返ってこず、城の主人は闇に溶け込んだ。

＊

「っ、はぁ、はぁ……あと、一階」

静乃は呼吸を乱しながら廃ビルの階段を昇り続けていた。一応エレベーターは動くようだが、点検が入っていないため乗るにはかなりの勇気が必要で、必然的に移動手段は階段に限られてしまっている。

「相談所の新入りさん、大丈夫ですか」

「お、おはようございます……運動不足で……ははっ、参っちゃいますね……」

「疲れるのは生きている証拠ですよ。どうぞ私達の分まで、存分に疲れてください」

「あ、はは……ありがとう、ございます」

日頃の運動不足を痛感しつつ、心配そうに声をかけてくれた霊に息も絶え絶えになりながら挨拶を返した。

このビルには様々な霊がいる。首が奇妙な方向に曲がっていたり、縄を引きずっていたり、水の中に飛び込んだようにずぶ濡れだったり、這いつくばって移動していたり、奇妙奇天烈《きみょうきてれつ》な幽霊ばかり。

今まで意識したことはなかったが、霊が見えると自覚したことで、このような異形の霊達も見えるようになったらしい。実際、体の一部が変な方向に曲がった人なんて、さすがに見たことがなかった。眠っていた能力が覚醒《かくせい》したのかもしれない。

瞳の奥に寂しさの色を浮かべる彼らは、静乃が声をかけると、笑えない冗談を交えながらも、とても嬉しそうに言葉を返してくれる。

そんな個性豊かな幽霊達で溢れ返る廃ビルの五階、最奥の部屋に、山上静乃の就職先であるアヤカシ相談所が居を構えている。

「おはようございまーす」

事務所に入ると、接客用のソファに座り副所長のオオヤと社員のハルがコーヒーを飲みながら寛《くつろ》いでいた。

「あっ、おっはよーシズちゃん。すごい朝早いね」

「儂らは今しがた起きたばかりだぞ」

「もしかして来るの早すぎました？」

二人は眠そうに揃って大きな欠伸《あくび》をしながら同時に頷いた。

大学四年の十二月。卒論も終え、後は卒業を待つだけという大層暇な時期。

始業時間を告げられていなかったものの、少しでも経験を積めればという思いで、一般的な企業の始業時刻の三十分前——つまり八時半頃に出勤したのだ。

だというのに仕事の準備をするどころか、家にいるかのようにテレビを見て寛いでいる上司二人に、静乃は困惑して目を瞬《またた》かせた。

「ちなみにここって、何時に仕事始まるんですか」

「えー考えたことなかった。オオヤさん知ってる？」

「知らん。客が来たら始まって、客が帰ったら終わりだ。細かい時間なんて確認するだけ面倒だからのぉ」

「は、はぁ……」

幽霊は人間の時間感覚なんて持ち合わせていないようだ。こんなのんびりした場所でこれからやっていけるのか。そもそも幽霊相手の仕事なんてまともな給料が出るのか、張り切って入社を決めたものの静乃の心の中に一気に不安が込み上げてきた。

「あのまさか、所長はまだお休みになってるんですか」

「ううん、あそこでぼーっとしてるよ」

姿が見えぬ所長のササキの姿を探していたら、ハルが窓際を指差した。その方向を視線で辿《たど》ると、所長椅子の背から僅かに彼の頭が見えている。

「おはようございます、所長」

「……はよ」

歩み寄って挨拶すると、掠れた小さな声で返事があった。

低血圧なのか機嫌が悪そうにパックのコーヒー牛乳を啜っていた。余程寝不足なのだろう、目の下にはいつもより色濃い隈が浮き出ており、今にもくっつきそうに目が細められていた。

「私服でいいっていったのに。なんでスーツなんか着てんの……好きなの？」

「そうじゃないですけど。初出勤なんで、一応気を引き締めようと思って……」

目の前にはくたびれたパーカーにジーンズ姿のササキ。

背後には原宿系のポップなファッションに身を包んだ社会人とは程遠い格好をしているハル。

オオヤに至っては全身真っ黒で衣服を身につけているかも分からない。

そんな自由な服装をしている者達の中で、静乃だけがきっちりと真新しいスーツに身を包んでいる。本来会社員としてこちらの方が正常なはずだが、この中では一人だけ浮いていた。

「まさかシズちゃんスーツ以外のお洋服持ってないの？　一緒に買いに行く？」

「いや、さすがに持ってるよ。大学も私服だし」

ハルの純粋無垢で悪意のない言葉に余計いたたまれなくなって、スーツ姿で来た自分がとても恥ずかしくて真っ赤になって俯いた。

「スーツとか制服とか固っ苦しいの大嫌いなんだよ。見てるだけで息が詰まるから明日から私服で来て」

そういう目の前の男は、パーカーの下にきっちり首元を隠すようにハイネックのシャツを着ているではないか。社会人の正装だというのに、何故ここまで責められなければいけないのか。

「……っ、分かりました！　もう二度とスーツなんて着るもんですか！」

そもそも静乃も、スーツなんて窮屈《きゅうくつ》なものは嫌いなのだ。

感情のまま吐き捨てるようにいい、スーツのジャケットを脱ぎ捨て、きっちり上まで閉めていたワイシャツのボタンを二つほど開けた。

首元にすうっと空気が通り、なんとも心地が好《よ》い。そのまま苛立《いらだ》たしげにハルとオオヤが座る、向かいのソファにどかりと腰を下ろした。

「まあまあ落ち着け、おシズ。ほらハル、何か飲ませてやったらどうだ」

「シズちゃん、カフェオレ飲める？　インスタントコーヒーで作るやつだけど」

「ありがとう、いただくよ」

ハルは立ち上がり、小気味好い鼻歌を歌いながらカフェオレを淹れる。

「次から好きなマグカップ持って来てね」

水玉模様の可愛いマグカップにインスタントコーヒーとミルクを注いだハル特製カフェオレを手渡された。

一口啜ると、ほんのりとした甘さが広がり、先ほどまでの苛々が消えていく。幽霊が淹れてくれるコーヒーを飲める場所なんて、世界でもこの相談所しかないだろう。

コーヒーを飲み終えたところで、しなければならないことを思い出した。静乃はすくりとソファから立ち上がり、鞄の中から一枚の書類を取り出した。

「あの、所長。お名前教えてくれませんか。内定取れたら大学に書類出さなきゃならないんです」

静乃は現在非常に困っていた。無事に就職先は決まったものの、大学の就職支援課の職員が一向に信じてくれないのだ。

それもそうだろう。所長の名前は苗字のみ、職場の住所を検索しても地図上に出てくるのは廃ビル。ましてネットに企業のホームページもない。資本金なんてあるとも思えない。信じられないのは当然だ。

静乃に詰め寄られたササキは、困ったように眉間に手を当て暫く間を開けた後絞り出すように答えた。

「……ササキ」

いや、その〝ササキ〟は分かっているのだ。知りたいのはその先の名前。この男、所長の癖に名刺も持っていないのか。静乃の眉間に皺が寄る。

「誤魔化さないで下の名前を教えてください！　せめて代表者名ははっきりさせないと事務の人に信用されないまま卒業になっちゃいます！」

「だからササキだって」

誤魔化すように視線を彷徨《さまよ》わせた。この男、どうにか本名をはぐらかすつもりだ。

「上の名前もササキ。下の名前もササキ。ササキササキさんなんて信じてもらえるわけないじゃないですか！」

「そんなに上下の名前が欲しかったら、サ・サキでもササ・キでもテキトーに書いとけばいいだろ、バカ」

「馬鹿ってなんですか！　なんで頑《かたく》なにお名前教えてくれないんですか、意地悪！　馬鹿っていう方が馬鹿なんですよ！」

子供のような口喧嘩を繰り広げていると、背後から大きな溜息が聞こえてきた。

「偽名だよ」

ソファに座ったまま口を挟んできたのはオオヤだった。

「ササキはササキだよ。姓も、名もない。そうだな……いわゆる、霊能者がよく使う通り名みたいなものだな」

落ち着かせるようにオオヤはゆっくりと話した。不思議な信頼感と安心感があり、この人がいうとなんでも信じてしまいそうになる。

「……それなら最初からそういってくれればいいのに」

「今いったって聞く耳持たなかったろ」

「……すみません」

そういわれればそうかもしれない。静乃は肩を竦めて一歩後ずさった。

「分かりました。もう偽名でもなんでもいいんで、書類にそれっぽい名前書いて下さい。お願いします」

「じゃあオオヤに書いてもらって。一応ナンバーツーだから」

「儂か」

突然名指しされたオオヤは驚いたようにきょとんと目を瞬かせた。

大学の人間が彼の姿を見るわけではない。人間とは程遠い容姿をしていたとて名前さえ書いてもらえれば大丈夫だろう。

「お願いしてもいいですか、オオヤさん」

「真の名を書けば良いのじゃな」

「はい」

オオヤは少し迷ったようだが、静乃が差し出した書類にさらさらと名前を書いてくれた。

大きな手の中のボールペンがとても小さく見える。そして書きあがった字を見て静乃は目を点にした。

「あ、あのオオヤさん？　これは……」

「儂の真の名じゃよ」

紙にはみみずが這《は》ったようにぐちゃぐちゃな字が書かれていた。日本語の気がするのに、読めそうで読めないもどかしく不思議な字だった。どの角度に紙を動かしても、紙と一緒に自分が傾いても、眉間に皺が寄るほど目を凝《こ》らしても、一向に読めない。

「オ、オ、ヤって書いてあるんですか」

静乃がそう尋ねた瞬間、何故かササキがさっと耳を塞いだ。その不思議な行動の理由はすぐに分かった。

「否。オオヤは儂の呼び名だよ。真の名は――――という」

「――ッ!?」

オオヤが名を名乗った瞬間黒板を爪で引っ掻いた音と、金属をこすり合わせたような耳障りな音が聞こえて思わず耳を塞いだ。

「な、なんですか今の音」

「オオヤの本名だよ」

「ほ、本名って……凄い嫌な音が」

「ふぅむ。儂らが使う言語と文字は、稀《まれ》に生者には通じぬことがあるようだな」

「えーアタシには普通に読めるんだけどなぁ」

「ハルは死んでるからな」

ひょこりとハルが書類を覗き込むように話に参加してきた。結局大学に提出しなければならない書類には生者には解読不能のサインが書かれてしまった。

「……ど、どうしようこれじゃあ余計に信じてもらえない。とうとう頭おかしくなったっていわれちゃう」

静乃は書類を握りしめ、頭を抱えてしゃがみ込んだ。ここに来て最後にして最大の壁が立ちはだかってしまった。

「倉下の名前と連絡先書いとけば？　アイツなら上手く誤魔化してくれるだろ」

「ナイスアイディア。リンちゃん、所長と違って世渡り上手だから」

ササキの提案にハルはなるほど、と手を叩いた。倉下という男は静乃をこの相談所に誘ってくれた命の恩人のような男である。

会ったのは一度きりだったが、物腰柔らかで好印象。ササキとはまるで正反対の青年で、おまけにしっかり姓名も揃っている。

「勝手に書いちゃって大丈夫なんですか」

「元はといえばお前誘ったのアイツだし」

静乃のためというよりは、単に自身の腹いせのためであるかのようにササキはぶっきらぼうに答えた。

「そういえば倉下さんと所長ってお友達なんですか？」

「……ただの腐れ縁」

認めたくないのか、視線を逸らしてぶつくさとササキは答えた。しかしその瞳には心底嫌っている色はなかった。きっと本人が素直になれないだけなのだろう。

「そんな方法分かってたら最初から教えてくださいよ……」

こうして、静乃をこの会社に誘った倉下凛太郎という名を書くことで、提出書類問題は一件落着した。その時、まるでタイミングを見計らったように扉が叩かれた。

「オオヤ様、ササキさんいらっしゃいますか！」

「不届き者を懲《こ》らしめていただきたい！」

壊れてしまいそうなほど勢いよく開いた扉の向こうには数名の幽霊達が立っていた。

物凄い剣幕でササキに詰め寄る霊達の勢いに、皆唖然として動きを止める。

「肝試しに来るのは百歩譲って良いとして。最近若者達が、勝手に我らの住処を荒らし！」

「あまつさえ、その様子を録画し、全世界に配信しているのです！」

「プライバシーの侵害ですよ！」

「最近の若者はどういう教育を受けているのですか！」

目は血走り、髪を逆立《さかだ》て、頭突きする勢いで詰め寄り怒鳴り散らす。彼らが言葉を発する度に、カーテンが靡《なび》き本棚に置いてある本がばさばさと落ちていく。

リアルなポルターガイストを目の当たりにして、静乃は青ざめて後ずさり、壁に背中をつけた。

「ど、どうにかして止めないと……事務所が滅茶苦茶に」

しかし幽霊達に詰め寄られ俯《うつむ》いていたササキは顔を上げると動じることなく三人を睨み上げた。

「うるさい。少し、黙れよ」

「——」

その瞬間部屋の喧騒《けんそう》が収まり、しんと静まり返った。

ササキは表情こそ変わらないが、人を殺せそうな程鋭く冷たい瞳で幽霊達を睨み上げた。あれだけ騒いでいた霊達が言葉を詰まらせ、震え上がり、脱兎《だっと》の如く静乃の後ろに身を隠した。

「申しわけありません。怒りのあまり当たり散らしてしまいました」

「どうか、どうかご慈悲を」

「……荒らしたもの片付けてね」

「はい。喜んで！」

怒りに身を任せた霊達が震え上がる程、寝起きのササキは恐ろしいのだ。寝起きの彼には絶対に逆らわないようにしようと静乃は引きつった笑みを浮かべながら硬く誓ったのであった。

「——それで一体何があったんですか」

「ここに来る人間の素行が悪いので、少しばかり懲らしめていただきたいのです」

「物を壊し、暴れまわった挙句に我らに顔を出せなど……身勝手にもほどがありましょう」

幽霊達は事情を話しながら、自分達が荒らした本や壊れてしまった扉を直していた。

「あー……最近マナー悪い子増えたからなあ」

ハルが同情しながらカフェオレを啜る。客に掃除をさせ従業員がソファで寛ぐ相談所というのは、世界広しといえどそう見つからないだろう。

それにしても、これ程の力があるのであれば、相談所の力を借りずとも自身の力で解決できるのではないだろうか。静乃はそう考えながらカフェオレを啜った。

「皆さんで懲らしめることはできないんですか？」

「そんな！　臆病者の我らが人間相手にそんなことをできるわけがありません！」

「恐怖で震え上がってしまいます！」

本を握り怯えている彼らを見て、今のは笑う所なのだろうかと静乃は顔を引きつらせた。

「それにしてもなんでこんな場所で肝試しを？」

「このビル、地元ではかなり有名な心霊スポットなんだよ。調べたら多分一番最初に出てくるんじゃないかな」

ハルにいわれるがままスマホを取り出して慌てて検索してみると、確かにこの廃ビルはおすすめ心霊スポット堂々第一位に輝いていた。

紹介記事には廃ビルに沢山の霊がいるとか、パーカー姿の小さな男の幽霊が出るとか、霊が集まる相談所があるとか、真実から嘘まで様々な噂が書き込まれていた。

さらに記事を読み進めていくと、一番最後に絶対してはいけないこと、と大きな赤字で注意喚起されていた。

「最上階の一番奥の部屋には、何があっても絶対に入ってはいけないって書かれてますけど……これ、この部屋のことですよね？」

五階奥の部屋に入ると祟《たた》られる。生きて帰れなくなる。大量の幽霊達に囲まれあちら側の世界に逝《い》ってしまう。

背筋が凍りそうな内容が書かれている画面を指差して、静乃は恐る恐る尋ねた。すると、その場にいた全員が当然だといわんばかりに真顔で大きく頷いた。

「え、祟られるって……本当なんですか？」

「最初の祟られる云々《うんぬん》は儂が書き込んだ」

「騒がれると迷惑だから、ここには絶対に人をこさせるなって俺がオオヤに頼んだ」

オオヤとササキが平然といいのけた言葉に、そんな自分勝手な理由で書き込んだのかと静乃は固まった。

「じ、じゃあ……沢山の幽霊に囲まれるっていうのは？」

「それは本当だよ。だってここ、霊道《れいどう》ばりばり通ってるからね」

「……霊道？」

何のことだと首を傾げる静乃に、その場にいた全員が呆れたように溜息をつく。先ほどから、自分に対するこの謎の一体感はなんなのだ。

「おシズ……本当に何も知らないのだな。お主が何故霊が見えるのか、不思議なくらいだ」

「すみません。なにぶん霊が見えていることに気づいたのが最近の事なので……」

「先輩のアタシが、可愛い後輩のシズちゃんに説明してあげよう！　霊道っていうのは、字の通り霊が通る道だよ。この事務所のど真ん中には霊道が通ってるから霊が集まりやすいのだ。それでこの部屋に入ったらダメっていうのは、ここらへん一帯の幽霊達を仕切ってる超大物のアヤカシ、オオヤ大先生がいるからなのだ！」

ハルはオオヤを手でひらひらと示した。彼女に名を出されたオオヤは、照れ隠しか視線を泳がせながら片手を軽く上げた。

「オオヤさんて凄い人なんですね」

「それほどではないがのぉ」

口では誤魔化しているものの、その表情はどこか誇らしげで嬉しそうだ。

霊をも超越する、アヤカシという存在であるオオヤ。確かに体格にしろ、風格にしろ、漂うオーラが他の幽霊達とは格段に違っているように感じた。

「そういえば、なんでオオヤって呼ばれてるんですか？」

「儂の名が聞こえないササキが名づけたのだ」

「俺がこの場所借りてるから。このビルの大家ってことで、オオヤ」

何故ササキがつける名前はここまで直球なのだろうか。しかし変な名前をつけるより覚えやすいし、名前の響きが彼に合っているように思えた。

「人間がここで店を開きたいといったときは大層驚いたものだが、面白そうだから譲ってやったのよ」

「ちなみにここの電気ガス水道、引いてくれてるのも全部オオヤ」

「え、嘘……どうやってですか」

「この名を最大限に活用してな。一応ここに住んでいる人間ということにして、最近は通販とやらも頼んでおる。いやあ……便利な世の中になったものだ」

オオヤは誇らしげに、古いデスクトップパソコンの画面を見せびらかした。

古風な口調とは裏腹に、その画面には通販の購入履歴が大量に残されていた。おまけによく見ると、部屋中ネットショップの段ボールで溢れ返っているではないか。

商品を頼むオオヤもだが、ここまで商品を届けに来る宅配業者が一番凄いのかもしれない。

「はは……案外人間界に馴染《なじ》みまくってるんですね」

やはり彼は只者ではない。呆れを含んだ尊敬の眼差しを向けると、オオヤはさらに誇らしげに胸を張った。滅多《めった》なことでは動じないようでも、やはり褒められるのは嬉しいようだ。

「そう、ネット！　ネット動画に我らの住処が配信されているのです」

思い出したように霊はオオヤに詰め寄った。荒らされた部屋はすっかり綺麗に片付いていた。

すぐさまオオヤがパソコンに向き直る。大きな手から考えられないほど素早いタイピング技術を披露しながら、彼らがいう配信されている動画を検索した。

「これじゃな」

間もなくオオヤが皆に画面を見せるようにその巨体をずらした。

画面には世界的に有名な某《ぼう》動画投稿サイトが映されており、廃ビルで肝試しを行っている動画が予想以上の数投稿されていた。

オオヤはその中の一つを適当にクリックした。

『どーも、こんばんは！　今から心霊スポットにいきまーす』

まるで心霊特番でロケをしている有名人気取りで、一人もしくはグループで何組もの動画配信者が肝試しをしていた。

ビルの中を一周して何が起こるか検証してみるというのはまだ可愛いものだ。中にはビルの中に悪戯書きをしたり、部屋の一角に置いてある机などを壊してみたりなど迷惑極まりない行為をしている動画もあった。

動画配信が仕事として認められるようになった現代、小遣い稼ぎ感覚、はたまた有名人になりたいなど、皆再生数を稼ぐために必死なのだ。

「ほらほら、見てください！　我らが映っています！」

「盗撮ですよ。プライバシーの侵害ですよ」

「第一、タダで怖がろうなんて発想がおかしいのですよ！」

「それなりの対価があれば、我らだって歓迎するというのに！」

思いもしなかったその一言に全員が凍りついた。痛む頭を押さえながら、静乃は目の前に立つ霊に恐る恐る声をかけた。

「え、あの。ちょっと待ってください。対価がもらえれば、人が来てもいいんですか」

「タダで楽しませてもらおうなんて心根が気に食わんだけです。それと、人のものは壊すなとお伝えしていただきたい」

タダでは動かない。恐怖を味わいたいのなら基本的な社会ルールを守り、それ相応の対価を払え。

彼らのいい分は確かに筋が通っている。遊園地のお化け屋敷でさえお金を払って恐怖を味わうのだ。天然のお化け屋敷にタダで忍び込んで恐怖を味わおうなんて、確かに考えが甘いのかもしれない。

心霊スポットの裏側を垣間見た静乃は、肝試しに行ったけど何も起こらなかったと嘆く友人達の言葉を思い出し、どこか納得したように頷いた。

「あ……今日撮影しに来る人がいるみたいだよ」

静乃のスマートフォンを借りていたハルが手を上げた。

廃ビルの名前で検索をかけていたところ、ほんの数分前に動画配信者の男が今夜ここに肝試し撮影にくると呟いていた。よく見るとその動画配信者のフォロワーは限りなく少ない。どうやらあまり有名ではないようだ。

ハルの言葉を聞いて、オオヤが依頼に来た幽霊達に視線を送った。

「改めて確認するが……お主達は、人間が肝試しに来ること自体は快《こころよ》く思っているのだな」

「はい。人間と会うのは好きです。それに彼らが驚いた顔を見るのは嫌いじゃない」

「だが……破壊行為は嫌で、出来ることなら対価が欲しいと」

「はい。最低限の社会ルールを守って、両者安全に楽しまなければ」

以前テレビでお化け屋敷の裏側の特集を見たときに同じようなセリフを聞いたこと

がある。ある意味彼らはプロ意識が高いのだ。その言葉を聞いたオオヤは何か策を思いついたようでにやりと企み顔を浮かべた。

「ササキ、今回は儂に任せてくれないか？　儂がひと肌脱いでやろう」

「珍しいな。別に構わないよ、寧《むし》ろ助かるわ」

俺の仕事が減るし、とササキは二つ返事で気楽そうに体を大きく伸ばした。

「お主達がそこまでいうのであれば、人間達が対価を支払い、双方納得いくような肝試しびじねすを展開しようではないか……そのために、不逞《ふてい》の輩《やから》には軽いお灸《きゅう》を据えてやろうぞ」

「さすがですオオヤ様！」

「なんて頼もしい！」

幽霊達から大きな拍手を送られるとオオヤは誇らしげに胸を張った。

「早速だがおシズ、ちょいとお使いを頼まれてくれないか」

「はいっ」

こうして安心安全な肝試しを行うために、不届きな動画配信者の肝を冷やすために、アヤカシ相談所新人、山上静乃は動き出したのである。

＊

「あなたが今、欲しいものはなんですか」

まるでセールスの勧誘のように、静乃は一緒にビルに住まう幽霊達一人一人に声をかけて回っていた。

「えっと貴女は……」

「挨拶が遅れましてごめんなさい！　本日からアヤカシ相談所で働くことになりました、山上静乃と申します」

「ああ！　貴女が噂の新入りさん！　最近まで私達が幽霊だって気づかなかったんですって？」

「お、お恥ずかしい限りです……これから皆さんのことを勉強して仲良くしていただけるように頑張りますので、宜しくお願いします」

このやりとりを今日一日で何度も繰り返している。十を過ぎたあたりから数えるのをやめてしまった。

それにしてもこの廃ビルは、本当に個性豊かな幽霊で溢れている。そんな彼らは静乃の噂で持ちきりになっているらしい。

幽霊達の情報網に感心しながら、静乃は一人一人と挨拶を交わした。

膨大な数の住人達に聞き込みをするのは決して楽ではないが、早く自分の顔と名前を覚えてもらうにはとてもいい機会だった。

「急に欲しいものがないか、っていわれてもなあ……困ったなあ」

そして今は白いワンピースが似合う、黒髪の綺麗な女性に話を聞いていた。ただ普通の人間と違うところは、首が真横に折れ曲がっていることだろうか。

「レイちゃんの好きなものをいえばいいんだよ。俺はお酒を頼んだよ」

首の角度をさらに深めて真剣に悩んでいる彼女の肩に、男性の霊が腕を置いて笑いかける。

どこに誰が住んでいるか分からない静乃のために、話を聞いた霊が次の霊の居場所まで案内してくれた。それを繰り返している内に、数珠《じゅず》繋ぎのように霊達が静乃の後をついて周り、いつの間にか周りは沢山の霊で溢れ返っていた。

「最近、静乃さんくらいの年齢の人達の間では何が流行《はや》っているの？」

レイは困ったように曲がった首で静乃を見上げた。

「恥ずかしながら私は流行には疎《うと》いんですけど……例えばどういうものですか？　実用品がいいとか、食べ物がいいとか」

「皆はどんなものをお願いしたの？」

「やっぱ食べ物とか、飲み物が多いかな」

「ああ食べ物がいいわ。この体はお腹が減るわけじゃないし、食べなくても死なないけれど……やっぱり美味しいもの。欲をいえば、甘いものだと幸せになれるわね」

レイの青白い頬が僅かに赤く染まる。やはり幽霊とて、女子は美味しいものに目がないらしい。

「最近は、ＳＮＳに見映えのよい写真を投稿するのが流行っていて、見た目が可愛くて綺麗な食べ物が沢山あって。あ、でもお店で食べるものじゃなくて、持ち帰れるものの方がいいのかな。それだと……ええと」

ぶつぶつと呟きながら、静乃はスマホで色々なスイーツの画像をレイに見せた。彼女の首の角度に合わせてスマホの角度を変えるため、静乃も首を奇妙な角度に傾けて、一緒に画面をスクロールしていく。

「あ、これ可愛い。こんなのお供《そな》えされたら幸せだわ……」

レイが指をさしたのは色とりどりのマカロンだった。

「確かに……お墓とか仏壇とかのお供えは饅頭《まんじゅう》とか煎餅《せんべい》とか和菓子ばっかだしな。たまには洒落《しゃれ》た洋菓子も食べたいよな」

レイの肩に手を置いていた霊も納得したように頷く。

祖父母の家にあった仏壇にもいつもお菓子が供えてあったが、思い返すと和菓子ばかりだった気がする。次に帰った時は美味しい洋菓子でも持って行こうと静乃は思ったのであった。

その後、幽霊同士のお供えあるある談義を聞きながら、結局欲しいもののリストには高級マカロンと書き足された。

「静乃ちゃん、次はどこに行くんだい？」

「え、ええと……」

視線を彷徨《さまよ》わせていると、傍にいた一人の幽霊が静乃の肩を優しく叩いた。

「もういちいち移動するの面倒だろ？　俺が皆を集めてくるよ。静乃ちゃんはそこで待ってて」

「それなら私は下の階の皆を連れてくるよ」

「え、ちょっとあの……そんなお手数をお掛けするわけには……！」

静乃が止める間も無く、霊達は他の霊を呼び集めるために散り散りになった。伸ばした手は宙を掴み、最後には力なく下に落とされた。静乃の前に一人残ったレイは困惑気味に話しかけてきた。

「静乃ちゃん人気者ね……」

「そ、そんなこと……なんだか皆思った以上に親切で助かってます」

「ねえ、静乃ちゃんは私達のこと怖くないの？　ほら、私なんて首が変な風に曲がってるじゃない？」

レイは自分を指差した。確かにこんな人間が普通の道を歩いていたら驚いて二度見してしまうに違いない。だが静乃は、不思議と目の前にいる奇妙な風貌をした彼女達に、気味悪さや恐怖を感じなかった。

彼女の言葉をゆっくりと咀嚼《そしゃく》して、静乃は首を横に振った。

「確かに最初見た時はびっくりしましたけど……今は怖くないですよ」

「そう。それはよかった。皆、寂しがり屋だから……静乃ちゃんみたいな生きている人とお話しするのが楽しいの。私達の時間は止まってしまったままだけど、貴女やササキさんは今を生きているから色んな情報を知っているし。なんだかつい浮かれてしまって……迷惑だったらごめんなさい」

申し訳なさと寂しさが入り混じった瞳をレイはそっと伏せた。

静乃はすかさず彼女の手を取った。

「迷惑なんてことないですよ。私も皆と早く仲良くなりたいし……お話しするの好きなんで。相談所もなんだかんだ暇な時が多いみたいだし、話したくなったらいつでも来てください！」

迷いも戸惑いもなく真っ直ぐな瞳を向ける静乃を、レイは驚いたように見た。生前も今も、こんなに真っ直ぐに自分達を見てくれる人間なんていない。

そんな静乃を見つめ返して、レイは笑みを浮かべた。

「……ふふっ、皆があんなに張り切ってる理由が分かったかも。今度良かったらハルちゃんと三人でお茶でもしてくれる？」

「ええ、もちろん！　最近美味しい茶葉を見つけたんで持って来ますね」

「それは楽しみね……すごく楽しみ」

二人は顔を見合わせて楽しげに笑った。

こんな優しそうな人に何があって霊になったのだろうと気にはなったが、彼女は彼女なりに今の生活を楽しんでいる。静乃は余計な詮索をやめた。

「おーい、静乃ちゃん連れて来たぞー」

幽霊達が笑顔で手を振って戻ってくる。

レイだけではない。おそらく彼らも、皆何か抱えているに違いない。抱えているからこそ死後も幽霊としてこの地を彷徨《さまよ》っているのだ。

その証拠に彼らの目は寂しい色をしている。少しでも彼らの寂しさを救えればと思いながら、静乃は霊達に手を振った。

「新人さんに会えると聞いて急いでやって来たんだけど」

「……オオヤ様のお使いかい。私達で役に立てることがあるなら喜んで協力するよ」

「皆さん……ありがとうございます！」

こちらから出向くはずが幽霊達の方から集まってきて、あっという間に静乃は沢山の幽霊達に囲まれていた。

集まった幽霊達に事情を説明しながら、さながら聖徳太子のように要望をノートに書き留め続けた。その後は世間話に花が咲き、全てが終わり相談所に戻ってきたのは日が沈む頃だった。

＊

「た、ただいま……もどり、ました」

すんなり聞いて別れればさっさと帰ってこられたのだろうが、普段あまり会話をしない寂しい幽霊達は静乃を引き止め世間話に花を咲かせた。

最初は楽しく会話をしていたのだが、最終的には誰がなんの話をしたのかも分からなくなるほどで、相談所に着くなり静乃はソファに倒れ込んだ。

「おお、ご苦労だったなぁ。ココアでも飲むか」

くたびれている静乃をオオヤは労いながらパソコンの前に座ったまま影を伸ばして器用にココアを淹れてくれた。

礼を述べて温かいココアを受け取り、一口飲むと甘さと温かさが体中に染みわたり、ほうっと心の底から息をついた。あの蠢《うごめ》く影が淹れてくれたとは思えない美味しいココアだった。

「お疲れ様。皆人間と話すなんて久々だろうから賑やかだったでしょう」

「うん……想像以上に疲れたよ。もうヘトヘト」

ぐったりしている静乃をハルが慰めていると、所長席から鼻で笑う声が聞こえた。

「はっ、これぐらいで疲れるなんてまだまだだな」

「むぅ、じゃあ所長もいけばいいじゃん！　所長だって立派な人間なんだからさ！」

「嫌だね。何が悲しくて俺が回らなきゃならないのさ」

ササキはまるで煙を払うかのようにハルの言葉を手で払いながら煙草に火をつけた。

静乃から渡された幽霊達のほしい物リストを一通り確認したオオヤは立ち上がると、ササキにそのノートを差し出した。

「なに」

「ササキ。お主に仕事を頼みたい」

「……マカロン、ワイン、ソファ、ベッド、饅頭――なんだこれ」

自身に仕事が回ってこないものと思っていたササキはノートの中身を見てさらに怪《け》訝《げん》そうに首を傾げた。

霊の名前と色々な雑貨や食料などの名前が書いてある。なんの脈絡も系統もなく並んだそれにササキの眉間に皺が寄っていく。

「このビルに住まう全員の欲しいものだよ」

手の平サイズのノートだがそのノート一面にびっしり並んだ幽霊の欲しいもののリスト。

暫くそれを眺めていたササキは煙草を咥えていたことを忘れ、灰を自身のズボンに落としてしまった。

「あちっ……まさか今からこれ買ってこいとかいわないよね」

「まさか。それらを見やすいように一枚の紙に書いてほしい。ほれ、これに……風情たっぷりに筆で字を書いてくれ」

するとオオヤはどこからか取り出した巻物をササキに投げつけた。恐る恐る中を見るとその巻物は白紙だった。

「筆字なんてロクに書けないけど」

「おや、幼い頃やっておったのだろう。幼少に身についたものは中々忘れぬというではないか」

「……なんでアンタがそれ知ってんの」

「くくっ、儂に分からぬことはない」

ササキに睨まれても全く動じずオオヤがにっとほくそ笑んだ。

ササキは暫く黙った後、最後の煙を溜息とともに吐き出して灰皿に押し付けると仕方なく巻物を広げ始めた。

「なあに、書いてくれるだけでよいのだ。儂が書いたら読めなくなってしまうからのぉ」

「期待はするなよ」

何故か机の中に入っていた書道用具を取り出して、ササキは硯《すずり》で墨《すみ》をすり手馴れた手つきで字を書き始めた。

やる気のないやさぐれた男が書いているとは思えない程、彼は達筆だった。

アヤカシ相談所の中で、所長に仕事を押し付けられるのはオオヤくらいだろう。ある意味影の所長である。

最初は嫌々ながらだったが徐々に集中し始めたのか、ササキは無言でノートと巻物に視線を走らせ、流れるように字を書いていく。ここまで集中していると一言も発してはいけないような気がして、不思議と空気がぴんと張り詰めた。

そこからササキが書き終えるまで一時間弱、静乃達はちびちびとココアを飲みながら時間を潰していた。

「――っ、終わった」

ササキは心底疲れたように背凭れに寄りかかり、その一言で室内の空気も緩んだ。

窓の外はすっかり夜の帳《とばり》が下りている。今日は新月ということもあり絶好の肝試し日和《びより》だった。

「お疲れ様でした。これ、ココアです」

「あんがと」

お疲れモードのササキに、これでもかと砂糖を入れた所長専用の激甘ホットココアを差し出した。オオヤとハル曰《いわ》く、ササキはかなりの甘党。じゃりじゃり音がしそうなほど砂糖を入れた甘ったるいココアを、確かに涼しい顔で飲んでいた。

「甘くないんですか？」

「もう少し砂糖が入っていてもいいな」

ハルにいわれた通りに山盛りの砂糖を入れたのだが、どうしても最後の一杯が入れられなかった。

スティックシュガーのストック三分の一にあたる糖分が入っているのかと思うと想像しただけで口の中が甘くなってきた。

「ササキ、ぐっどたいみんぐだ。はじまったようだぞ」

机の上に長々と伸びた巻物を回収しながら、オオヤはパソコンの画面を凝視《ぎょうし》した。

ハルと静乃がオオヤの元に駆け寄り、その背中から覗き込むように画面を見つめた。

『こんばんはー！　さぁて今日も始まりましたポコポコチャンネル、ポコタンでーす。今日は……なんとなんと、有名な心霊スポットにやってきましたよぉ！』

画面の向こうでは、いかにもお調子者そうな金髪の青年が笑顔で手を振っていた。

「なにこの人、絶対人気ないでしょ。もっと面白そうな人来なさいよ」

「い、一応あの人も頑張ってるんだし……温かい目で見てあげよう」

ゴミを見るような目で画面に映るポコタンとかいういかにも人気のなさそうな動画配信者を見下すハル。あの明るいハルが明らかに苛立っている。そこまでいわれると彼が哀れに見えて、静乃はまあまあとハルの肩を叩いた。

「あー、いるわ」

疲れた右肩を回しながらササキは窓を開け下を見た。すると冷たい風と共に、やかましい大声が聞こえてくる。

ササキの声に反応して静乃も窓から下を覗いた。そこでは、オオヤが見ている画面に映っている動画配信者ポコタンが、自撮り棒を構えて撮影をしていた。

〝三階の窓に誰か映ってるぞ〟

〝男だ。あのパーカー姿の男だろ〟

〝すげぇ。さすが最恐スポット〟

〝後ろに女もいないか〟

コメント欄が素早く流れていく。視聴者はまだ十名程の様だが、心霊スポットへの突入ということもあり、そこそこ賑わっているようだ。

『え、映ってる？　マジで？』

コメントを確認したポコタンが目を輝かせた。

「所長、シズちゃん映ってる！　避けて避けて」

コメントを確認したハルが慌てて二人の背中を引っ張って室内に引きずり戻した。

そこでようやくササキも加わり四人で生放送を見守ることにした。

『なんだよいいねぇじゃん……もー、皆ぁ怖いこといわないでよぉ。ちびっちゃうじゃん』

ポコタンが後ろを見た時には既にハルに部屋の奥へ戻されていた。

一瞬ポコタンは顔を引きつらせながらも再びおどけたようにカメラに笑って見せた。

「映ってるって、私達ただの人間なんだけど……」

「今までで一番面倒なのが来たな。俺部屋に篭《こも》っていい？」

「ダメに決まってるでしょ！　いつも面倒になると所長はどっかいっちゃうんだからっ」

面倒臭そうに自室に戻ろうとするササキをハルが必死に引き止めた。

〝消えた〟

〝いなくなった〟

〝つーか、なんであそこだけ電気ついてるんだ〟

〝第一住人発見www〟

などとコメント欄が賑わい、視聴者数も徐々に増えてきているようだ。

『いやぁ、早速熱烈歓迎されてるみたいで嬉しいっすねぇ……じゃあ、前置きはこれくらいにして中に入ってみましょうかぁ！』

「アイツのノリがウザい。殴ってやりたい。何よあのツンツンした髪形カッコいいと思ってるの？」

「落ち着いて、ハルちゃん！　ほら、好きなアイドルの写真でも見て。どーどーどー……」

ハルの毒舌と苛立ちが募っていく。静乃は必死にハルの好きなアイドルグループの画像を見せて宥《なだ》めた。

『今日の目的は……入ってはいけないというこのビルの最上階の奥の部屋に入ってみたいと思いまーす！　ちょうどいま電気がついてる所ですね。やばい雰囲気ぷんぷんですねぇ』

男の言葉に全員が一瞬固まった。どうやらあの男はこの相談所に乗り込もうとしているようだ。

「ここに来るみたいですね」

「へぇ、度胸あんじゃん」

楽しそうにササキが笑った時、がはははっとオオヤが豪快に笑い始めた。

「くく……その勇気に免じて、儂自ら歓迎してやろうではないか」

　パソコンの画面を睨みながらオオヤが豪快に笑ったかと思うと、ビル中の電気が一斉に灯《とも》り、次の瞬間一斉に消えた。相談所の明かりも消え、パソコンの青白い光だけが暗闇の中に煌々《こうこう》と灯っている。

〝やばくね〟

〝帰った方がいいんじゃねぇの〟

〝ポコタン翌日行方不明フラグwww〟

　視聴者のボルテージも上がってきている。男の声は上ずり、手が震えているようで、カメラが小刻みに揺れていた。

『ポコタン最強だから全然大丈夫だし。ちゃんとお祓《はら》い用に塩も持ってきたしね！　それじゃあ早速いってみよー！』

　自分を奮《ふる》い立たせるためか、男は周りに響き渡る大声を出してビルの中に入ってきた。

「ふん、素人が塩なんかまいたって効果ないだろ」

「儂らはアヤツがここに辿り着くまで高みの見物といこうではないか。好きなようにもてなしてやるとよい」

　オオヤが含み笑いを浮かべると上下左右、いやビル全体から異様な空気が漂ってきた。ビル中の霊達があの男を迎えようと湧き立っているようだ。

「幽霊番組見てるみたいで面白いじゃん」

楽しそうにササキは笑っていた。本物の幽霊達による、たった一人の客人のための肝試しがいま始まろうとしていた――。

＊

「おおっ、ボロッボロだなぁ。こーんばんはー……って誰もいないよなぁ」

懐中電灯の明かりを頼りにビルの中に入っていく。ビルの中はボロボロで、気味が悪い程静まり返っていた。

先程背後にいたという男女の霊。そして自分を拒むように点滅する電気。入る前は逃げ出したいほど怖かった。だがその恐怖を上回るほど、男は悦《い》に入っていた。

皆が自分の動画を見てくれている。今まで売れない動画配信者だった自分の動画に溢れる程のコメントが流れていく。

ゆっくりと慎重に、階段へ向かうと、どこからかどんっと壁を叩くような音が聞こえた。

「わっ。何もいませんねぇ」

悲鳴を上げてゆっくりと懐中電灯で照らしたが、そこには何もいない。

一歩足を踏み出すたび、背後から後をつけてくるような気配を感じる。

何度も振り返るが、やはりそこには何もいない。ビルの中にはいくつもの部屋があり、時折花やお供え物が置かれているのも見えた。

〝お供え食っちまえよ〟

〝ビル中に落書きとかすれば〟

視聴者からはここぞとばかりに無謀な注文が送られてくる。しかしその要望は見えない振りをした。

なんの注文にも乗らない男は、視聴者達に臆病者、腰抜けなどと、そ もど
うにか階段にたどり着き、階段を上りはじめる。ここまでくれば
けだ。

「ひっ！」

その瞬間頭上で沢山の子供が走り回るような足音が聞こ
こんな時間に、それもこんな場所に子供がいるわけが
れられている最恐の幽霊スポットだ。

本当なら今すぐにでも逃げ出したい。

背後に感じる気配は徐々に増え、漬物石を背負

だが就職しろという両親を押し切って、自分で選んだ道だ。これで食っていくと夢を追うと決めた。だから、もう逃げるわけにはいかないのだ。

ビル中に響く大声を上げて、男は一気に扉を開けた。

「こぉんばんわぁー、ポコタンの突撃お宅訪問でぇーす」

部屋の中に一歩足を踏み入れて、おどけてみせた。部屋の中は真っ暗だと思っていた。

「――え」

懐中電灯で照らさずとも何故か僅かな灯りがあった。オフィスのようにソファや机が並び、社長席のようなデスクがある。まるでここで人が働いているような雰囲気で、家具も朽《く》ちてなどいなかった。

その中に一台だけ煌々と光を放っているデスクトップのパソコンがあった。なんでこんな電気も通っていないはずの廃ビルでパソコンが動いているんだ。

〝なんだなんだ〟

〝なんでパソコンついてるんだよ〟

〝だれか住んでんの？〟

〝怖 www 俺怖いから帰るわ www〟

視聴者も皆困惑しているようだった。パソコンには見覚えのある画面が映っている。

まさか、まさか。高鳴る鼓動を抑えながらゆっくりと男はパソコン画面をのぞき込んだ。

「……なんで」

そこには自分自身が映っていた。正確にいえば、今自分が配信している生放送が映し出されていたのだ。

背筋が凍るどころか全身に鳥肌が立って、腰が抜けそうなほど足が震えている。

「――よう」

背後から確かに聞こえた。

振り向きたくない、けれど振り向かねばならない。いや、振り向かなくても目の前の画面に自分の背後が映し出されている。

そこにはパーカー姿の小柄な男が立っていた。

「ひ、ひいいいいい」

男が腰を抜かす。振り返り、机に思い切り腰を強打しそのまま床に崩れ落ちる。恐怖のあまり自撮り棒を手放してしまい、スマホが地面に転がり落ち、カメラは男ではなく背後に立っていたササキの顔を映し出した。

パソコンの画面に自身の姿が映し出されると、ササキは眉間に皺を寄せた。

「何勝手に撮ってんのさ」

思い切りササキはスマホを踏み潰した。スマホが壊れれば当然カメラも壊れる。全世界に配信されていた肝試し生放送は突如中断されたのだ。

「ああああああ！　所長、スマホ壊したら駄目じゃん！　生放送の意味なくなる！」

その瞬間物陰に隠れていたハルが飛び出した。画面が粉々に割れたスマホを拾い上げ悪いことをした子供を咎《とが》めるようにあーあ、と落胆した声を落とした。

「ああ、ごめん」

跪《ひざまず》きながら肩を落とすハルを見て、珍しくササキは素直に謝った。

男は恐怖のあまり魚のように口を開閉させながら、ササキをじっと見つめていた。

当然男の目にハルの姿は映っていない。

「ハルそう怒るでない。生放送中に霊に襲われカメラが破壊され、放送は中止。その後その配信者の姿を見た者はだれもいない――良い筋書きではないか」

獣のような、地を這う低い低い声が聞こえてきたような気がした。

男は恐る恐る視線を動かす。懐中電灯に照らされてできた影が、生き物のように蠢いているように見えた。声を頼りにゆっくりと顔を上げると熊のような、狼のような大きな生き物がいた。

オオヤは鋭く生え揃った犬歯をギラリと光らせ、にたりと舌なめずりしながら座り込んでいる男を見下ろした。

「ひ、ひぃ……」

「あまり儂らの世界に入り込まぬ方が良いぞぉ……思わぬところで怒りを買うことになるからのぉ。喰われてしまうぞぉ？」

男の肩を掴み、耳元で囁《ささや》いた。霊感を持たない男にオオヤの言葉の全ては届いていない。だが異様な気配が耳元で何か囁いていることは分かるようだ。

男はがくがくと震えながら股を押さえた。どうやら失禁してしまったようだ。

「うわ、漏らすなよ……ちゃんと片付けてけよ、汚いから」

ササキが男を見下ろすと、男はすみませんと土下座して頭を下げていた。

「すみません、すみません、すみません……お願いです、殺さないでください」

「そ、そんなに怯えなくても殺しませんよ……」

地面に頭をこすりつけている男を慰めるように静乃が背中に触れると、男は声にならない悲鳴をあげて壁に激突するくらい後ずさった。

「私普通に生きてるのに……そんなに怖いかな……」

静乃は傷ついたように肩を落とした。

「ごめんなさい。ごめんなさい……」

「謝るくらいなら最初から来なきゃいいのに。ばっかみたい」

「……あまりからかうのはやめてやれハル。この者は破壊行為をしたわけでも悪戯をしたわけでもない。寧ろ地位と名誉のためだけに此処《ここ》まで来た、ある意味勇敢で同時に馬鹿な男だ。なんとも理想的な客人だよ」

「えー……じゃあ、オオヤさんはコイツこのまま帰しちゃうの？」

オオヤはこの男の味方なのか、はたまた怖がらせようとしているのか静乃には分からなかった。

確かにこの男は騒いで動画を撮っていたが、他の配信者のように破壊行為はしていない。だが、ある程度の見せしめは必要だろう。

「まぁ、コイツは悪くないけど罰は必要だろうな。タダで肝試ししようなんて……タダより高いものはないんだよ」

「左様《さよう》。主には悪いが、生贄《いけにえ》になってもらおうではないか。ササキあれを渡せ」

ササキは先ほど自身で書いた巻物を男に差し出すと、彼は涙と鼻水でぐちゃぐちゃになった顔で必死に手を伸ばし、巻物を受け取った。

「えーっと……儂らに呪われず無事に生きていきたいなら、そこに書いてあるものを全部持ってこい。もちろんその様子は、お主の好きな生放送とやらできちんと配信しろ。くくく……儂らはお前らのことをずっと見ているぞ」

オオヤが耳元で呟く言葉をそのままササキが棒読みで呟いていく。

男はこくこくと何度も頷いて、足元に転がっていたスマホを拾い上げるとバタバタとその場から駆け出していった。

男が走って路地裏から姿を消したのを窓から確認すると、相談所内に再び電気が灯った。

「アイツ、絶対俺のこと幽霊だと思ってるよな」

「ふむ……今ので凝りて無茶な行動をする馬鹿者が減ればよいのだが。念のためもう少し様子見だな」

ササキとオオヤは男の無様な後ろ姿を見送りながら息をついた。明るくなった室内に目を細めながら、腕時計を確認した静乃があぁ、と声を漏らした。

「ああ、もうこんな時間……」

「初日から悪いな。残業代はつけとくから」

朝出勤してから既に半日以上が経っていた。明らかに終業時間は過ぎている。静乃の嘆きの声にササキは申し訳なさそうに肩を落とした。

幽霊相手の仕事でどこから収益が出ているのかも分からないが一応残業代という概念はあるようでほっとした。

「でもなんだか帰るのも面倒臭くなってきました」

もうすぐ日が変わる時間帯。今から終電にのるために走って駅に向かうのも面倒臭くなっていた。

「それならここに泊まっていきなよ！」

ハルの嬉しそうな声に一瞬静乃は固まった。

「ふむ。こんな時間におなごを一人で帰すより泊まってもらった方が安全だな」

「でも迷惑じゃ……」

「こんだけ広いからな。一人増えたところでどうもしないし、泊まっていけば」

確かに五人でいるにはあまりにも広すぎるオフィスだが、そんな簡単にまだ会って間もない自分を宿泊させるとは思ってもみなかった。

確かにここに泊まれるというのは有り難いが、こんな幽霊だらけの廃墟に眠れる場所などあるのだろうか。

「アタシの部屋で一緒に寝よう！　ほら、いこいこ！」

静乃の返事を聞くことなく、ハルは嬉しそうに彼女の手を引いて部屋に向かった。

ハルの言葉で今日の業務は終了となったのか、ササキ達はおやすみと手を振って二人を見送った。

死んだ人間も生きている人間と左程変わらない生活を送っているのだ。違うところがあるとすれば、繋いだ手も触れた肌も体温を感じないことくらいだろうか――こうして慌ただしい一日は幕を閉じたのであった。

＊

翌朝、朝一番で開始された生放送には、昨夜相談所に侵入した男が自分の部屋で、真っ青な顔をして映っていた。

「おはようございます……あの。今日は、昨夜潜入した心霊スポットで怒らせてしまった人達にお詫びの品を送りたいと思います。皆さん、最低限のルールは守って肝試しをしましょう」

昨晩のハイテンションはどこへやら。すっかり意気消沈した男は弱々しい声で言葉を紡《つむ》いでいく。まさに一晩で別人のようになってしまった。恐らくあれから一睡もできなかったのだろう。

〝良く生きてたな、死んだと思った〟

〝どうせ加工したんだろ。嘘だろ、嘘乙〟

〝自演乙〟

〝お前みたいな社会不適合者なんて幽霊になればよかったのに〟

視聴者からは痛烈なコメントが投げつけられていた。

生放送を見守る相談所メンバー、そして依頼者の幽霊達も不快そうに眉を顰めている。

「なんだかあの者が哀れに見えてきました」

「お仕置きしすぎましたかね……」

同情したように霊達は肩を落とした。

「ほんとにあのノートに書いたもの全部買わせるんですか」

「どうせなら現金にすればよかったのに」

「この世の金は、あの世の儂らにはなんの意味もないからのぉ」

「それならアタシも欲しいもの書いておけばよかったぁ……」

生放送を視聴しながら皆口々に呟いている。画面の向こうでは男がササキが書いた巻物を開いて視聴者に見せていた。

〝この時代に巻物とか www 大草原不可避〟

〝幽霊なんているわけねぇし〟

〝俺にもゲーム買ってくださーい〟

などと相変わらずコメント欄は荒れている。

「……一応アイツは反省してるみたいだけど。他の奴らは全然じゃん。寧ろこいつらに腹が立つよ」

「ふむ。一人に痛い目を見せるだけでは伝わらないようだな。あのぽこたんとかいう男には申し訳ないが……仕方があるまい」

するとオオヤは何のためらいもなくパソコンの画面に手を突っ込んだ。

「オオヤさん⁉」

「オーヤさんは最強だからね、電脳空間だって怖いものナーシ」

液晶画面を突き破る――というかまるでSF映画で異次元空間に手を突っ込むシーンのように、パソコンの画面の中で何やら手を動かしている。

暫く漁《あさ》っていると、何かを掴んだようでぐいっと引っ張った。

「よし、これで大丈夫だろう」

手を引っこ抜くと画面には傷一つついていなかった。したり顔で笑うオオヤだが、画面の向こうでは何も異変は起きていない。

「なんも起きないじゃん」

「まぁ見ておれ」

その瞬間生放送画面が一瞬砂嵐に覆われた。画面の向こうから男の悲鳴が聞こえ、一瞬で砂嵐が晴れる。

すると男の部屋の本棚から本が落ち、地震なんて起きていないのに吊り下げられた蛍光灯が酷く揺れている。所謂《いわゆる》ポルターガイストというものだろう。

「ひいいっ、ごめんなさい、ごめんなさい」

男は頭を抱えて怯え始める。

〝自演の割には本気で怯えてないか〟

〝これ、本物じゃね？〟

〝呪われた〟

〝これ完全に呪われたわ〟

〝お憑かれ様です〟

視聴者達もようやく事の重大さを理解し始めたようだ。

怯える者。視聴をすぐにやめる者。怯える男を慰める者。いいぞいいぞとさらなる怪奇現象を求め盛り上がる者。最後まで幽霊の存在など信じていない者。反応は十人十色だ。それでも男の動画は過去最高の再生数を記録したのであった。

「でもこれ、怯えてるのはあのポコタンとかって男の人だけで……視聴者達はあまり信じていないみたいですね」

「……これ以上馬鹿なことをする者がいたら、今度は直接きちんと怒らねばならぬなぁ」

「何を、するんですか？」

静乃の疑問に、オオヤはにやりと笑って口元に人差し指を当ててしーっと息を吐いた。

「――おシズは知らない方がいいことだよ」

「アタシ達が大好きなシズちゃんには一生関わりのない、こわぁいことだよ」

無邪気に笑うオオヤとハルに、静乃は苦笑を浮かべた。ルールを守らない不届きものにどんな災いが待っているかあえて想像はしないことにした。

――それからまもなくして、廃ビルが載っている心霊スポット特集サイトにオオヤの手によって新たな規則が書き足された。
①肝試しに来る際は必ずお供え物を持参する
②建物内の物に勝手に触れない、壊さない
③必要以上に騒がない
これら三点を遵守すれば霊達は必ず歓迎してくれるだろう。逆に規則を守らねばその身に何が降りかかろうとも自己責任。十分注意をして楽しく安全な肝試しを。

あの生配信の影響もあってか、新たに追加された絶対遵守の規則はすぐに浸透した。そして若者達は皆何かしらのお菓子や食べ物、飲み物などを持ってここを訪れるようになった。すると手土産を渡された住人達は喜んで彼らを歓迎する。

百発百中の確率で霊障が起こるとして、廃ビルは話題のナンバーワン肝試しスポットとなったのであった。

第三話　聖夜の約束

――ここはどこだろう。

気が付いた時には、見知らぬ場所に一人ぽつんと佇んでいた。

眠りから覚めたように突然意識が戻ってきて、頭がぼんやりとしている。

――そうだ。何か大切なことをしようとしていたはずだ。

大分間が開いて、男はそのことを思い出した。しかしどれ程悩もうと、それがなんなのか、自分がどこに向かおうとしていたのかが全く思い出せない。

何かヒントになるものはないだろうか、と周囲を確認した。

ここは十字路の真ん中らしく、前後左右には終わりが見えない真っ直ぐな道が続いていた。

見上げれば、星一つ見えない不気味なほど真っ黒な空が広がっていた。

身に着けているのは茶色のトレンチコートと黒いスーツ。そして黒とネイビー縞のマフラーと腕時計。

コートの右ポケットに手を突っ込んだところ、何か固い物が手に当たった。

「――これは」

手の中にはダークブルーのベルベットが張られた小さなケースがあった。ケースを開けると、小ぶりのダイヤモンドが輝く指輪が入っていた。

明らかに誰か大切な――そう、恋人に送るためのもの。しかし自分にいるであろう、大切な恋人の姿が思い出せない。顔も、名前も、それどころか男は自分の名前さえも思い出せなかった。

「どうしたの？」

途方に暮れていたところ、突然背後から話しかけられて振り向いた。

そこには、白髪の好青年が大分距離を開けて立っていた。

「巻き込まれた挙句、こんなところで迷うなんて、笑っちゃうくらい不運だね」

「……僕のことをご存知なのですか」

「いいや全く。でもさすがに可哀想だからササキくんのところに連れてってあげるよ。ほら、ついてきて」

青年は理解できない言葉を紡ぎながらにこりと微笑んで、先導するように男の前を歩き出した。

「さあ、おいでよ。早くしないと迷ったまま帰れなくなってしまうよ」

距離を置いて歩く青年の背中を、男は必死で追いかけた。

――雪が振りそうなほど寒い寒い夜のことであった。

＊

「もぉーいーくつねーるーとぉークリスマスー」

「それをいうならお正月じゃないの？」

季節はすっかり冬に変わりクリスマスまで後二日となっていた。静乃が相談所で働き始めて早一か月が経とうとしていた。

クリスマスという行事は人に限らず霊も浮き足立つらしい。ハルが陽気な歌声を響かせながら、静乃が百均で買ってきたクリスマス用品で事務所の中を飾り付けていた。

廃墟同然の殺風景な相談所兼彼らの住宅が、緑や赤など色とりどりな飾りやイルミネーションで華やかに彩られている。おまけに小さなクリスマスツリーまで用意して完全にクリスマスモード一色だ。

そんな女子二人の行動をササキとオオヤは止めることなく黙って見守っていた。仕事が一段落ついた、午後七時過ぎのことであった。

「ササキくんいる？」

ノックもせずに相談所の扉が開かれると、やけに明るく爽やかな声が聞こえてきた。

その瞬間明るく和やかな空気が静まり返った。まるで暖房が効いた暖かい部屋から突然真冬の寒空の下に放り出されたように空気が一変したのだ。

「――倉下」

何より静乃は隣に立っていたハルの変化に驚いた。

先ほどまで楽しそうに無邪気に笑っていたというのに、あの男が現れた瞬間真顔になって黙々と手を動かしている。

ただオオヤだけが何事もなさそうに、コーヒーカップを手に立ち上がりいつもの定位置であるパソコンの前に座って、パソコンと向かいあう。

今まで和気藹々としていたソファには静乃一人が取り残された。あまりの変化について いけず視線を彷徨《さまよ》わせた。

「何の用」

「相変わらずササキくんは冷たいなあ。いつもみたいにリンって呼んでくれればいいのに」

男は寂しそうに笑いながら、ちらりと視線を動かした。その先にいた静乃と目が合うと彼はさらに瞳を輝かせた。

「あ、静乃ちゃんじゃん！　久しぶりだね」

「お久しぶりです。その節はお世話になりました」

男は嬉しそうに満面の笑みを浮かべながら両腕を広げて静乃に歩み寄った。

倉下凛太郎――静乃をこの相談所に誘った張本人である。すらりとした体つき、絹糸のように真っ直ぐで滑らかな白髪、そして人当たりのいい笑顔に柔らかな口調。白と黒、陽と陰。どこまでもササキとは正反対な男だ。

「この間大学から連絡が来てたけど上手いこと誤魔化しといたよ。どう？　少しは仕事慣れたかな」

「皆さん親切で、お陰様で楽しく働かせてもらってます。この仕事を紹介してくださって、本当にありがとうございました」

静乃は心の底から感謝を述べて頭を下げた。

「で、何しにきた。早く用件いってさっさと帰れ」

「もー……そんなに急《せ》かさなくてもいいじゃん。そこで迷子を見つけたから連れてきたんだよ」

「迷子？」

不機嫌そうに眉間に皺を寄せるササキを倉下は笑顔で受け流しながら、扉に向かって手招きをした。

「し、失礼します……」

迷子だというのだからてっきり子供だと思っていたのだが、恐る恐る入ってきたのはササキよりも少し若そうなスーツ姿の男だった。

「ここに連れてくるのが良いと思って連れてきたんだ。じゃあボクはこれで失礼するよ、またね。ササキくん、静乃ちゃん」

「お気をつけて！」

本当に用件だけを伝えるとすぐさま倉下は踵《きびす》を返して手を振った。まるでその場から早く去りたいといわんばかりにそそくさと相談所を後にした。

倉下が連れてきた男の横を通り過ぎた時、男は深々と頭を下げたが倉下は微笑んで軽く手を上げるのみで目を合わせることなく立ち去った。

何より不思議だったのは倉下がいた間、オオヤだけでなくあの賑やかなハルですら一言も言葉を発さなかったこと。ハルは倉下が出ていった後、安堵するように小さく溜息をついていた。

「……あ、あの」

静かに張り詰めた空気に居た堪れなくなったのか、男が声を上げた。

「――そっちに座って」

止まった時間を動かしたのは珍しくササキだった。ゆっくりと座席から立ち上がり、ソファに移動する。

男はおずおずと案内されたソファに腰を下ろした。

事務所の中に再び暖かな空気が戻る。静乃は思い出したように来客用のコーヒーを淹れるために動き出した。

まるで倉下の来訪なんてなかったかのように、ハルが元気に歌い始めた。

静乃は倉下が何者なのか尋ねたかったが、もはや聞ける雰囲気ではなかった。

「どうぞ」

淹れたてのコーヒーを男の前に差し出すと、彼は恐縮して肩を竦めた。不思議そうにちらりと視線を彷徨《さまよ》わせ、そして目の前に座るササキが映ったところで視線を動かすのをやめた。

客人の話を聞くため、静乃はお盆を抱えながらササキの隣に腰を下ろす。

「で、どうしたの」

「……それが、分からないんです」

「は?」

ササキは眉を顰めた。飾り付けをしていたハルもパソコンを弄っていたオオヤも手を止めて男を見た。

「その……信じて頂けないのかもしれませんが。気づいたらこの近くの十字路に立っていて……何かをしようとしていたはずなのですがそれも思い出せなくて。困っていたら先程の男性が声をかけてくださってここに連れてこられたのです」

「ご自身の名前とかは……」

「分からないんです。身分証明書も財布も持っていなくて……」

「かんっぺきな記憶喪失だね、それ」

話を聞いていたハルが飾り付けの手を止めて静乃に凭れかかるようにソファの肘掛に腰を下ろした。

「何か持っていた物はなかったんですか？」

「ええと……コートのポケットにこれが入っていたくらいで」

男が机の上に置いた小箱を皆で覗き込む。

いかにも高級そうなダークブルーのベルベット生地が張られている。テレビなどで目にしたことはあるが、実物はそう何度もお目にかからないその箱に、ハルが乙女のように目を輝かせた。

「これって……まさかのまさかじゃない！」

「開けるぞ」

期待に胸を膨らませるハルを余所に、ササキは淡々となんの躊躇《ためら》いもなく箱を開けた。そこには皆の予想通り光り輝くダイヤモンドの指輪が入っていた。

「きゃー！　プロポーズじゃん、一世一代の大切なものじゃん！」

「素敵な恋人さんがいらしたんですね！」

プロポーズ、結婚という言葉に胸を躍らせる女子二人組は、自分に贈られるものでもないのに手を合わせながら歓喜の声を上げた。

「それがその……非常に心苦しいことにその指輪を送る相手のことも、自分自身のことも本当に何も思い出せないのです。どうかお助けいただけないでしょうか」

男は膝の上で強く拳を握りしめながら深々と頭を下げた。

その男の頭を見下ろしながらササキは小さく息をついた。

「はっきりいわせてもらうけど。お前たぶん、もう死んでるよ」

「え……」

一切オブラートに包まないササキの言葉に男の瞳が激しく揺れた。

記憶喪失でただでさえ混乱しているところに、お前はもう死んでいるなどといわれたら驚くのも当然だろう。

男は目を瞬かせながら、自分の手や体を見つめた。透明でもなければ、足もある。死んだ後にこうして普通の人間のような姿でこんな場所で人と話しているなんてすぐには信じられないのだろう。

「え……っと、どういうことでしょうか」

「ここは幽霊専門の相談所。倉下がお前を連れてきたのはお前が死者だからだ。きっと何らかの原因で突然死んで、記憶を失くしたんだろうな」

「……だから道行く人が、誰も僕に気づかなかったんですね」

「呑み込みが早くて助かるよ」

男は未だ状況がよく分かっていないが、納得はしたようだった。寧ろ記憶がないことで、現実を冷静に受け止められたのだろう。

「……俺らにどうしてほしいんだ」

「記憶を取り戻して、この指輪を届けるべき人に届けたいです」

「分かった。その依頼受けるよ」

ササキが頷くと、男は深々と頭を下げた。

話が纏《まと》まったところで、ハルがずいっと男に詰め寄った。

「おにーさん、名前思い出せないんだよね」

「え、あ……はい」

「ならさ、名前思い出せるまでアタシが呼び名付けてもいい？」

ハルの勢いに圧《お》されるように、男はゆっくりと数度頷いた。

「ダイさんとかどう？」

「なんだその脈絡のない名前」

「ダイヤモンドの指輪持ってたから、ダイさん。カッコいいでしょ」

皆が失笑する。しかし名付けられた本人は楽しそうに笑った。

「いいですね、かっこいいです」

「でしょー！　ならダイさんで決定！　アタシはハル、宜しくねー」

そしてハルはいつものようにオオヤ、ササキ、静乃と順番に紹介していった。

「お主、記憶がないということは当然行くあてもないのだろう」

「え、あ、はい。そういえば……そうですね」

記憶のないダイは、記憶を取り戻すまで身を寄せる場所が全く思い浮かばなかった。家に帰ろうにもその帰る家がない。このままでは路上生活をするしかないのではないかと、不安そうに視線を彷徨《さまよ》わせた。

「記憶が戻るまでここにおるとよい。ただし勝手に外へは出るな。やむを得ず外に出るときは、儂らの誰かが必ずつき添う。それがお主をここに泊める条件だ」

有無をいわさぬオオヤの言葉にダイは頷くことしかできなかった。

「何かマズイことでもあるんですか？」

何故オオヤが彼を引き止めるのか分からず、静乃は不思議そうに首を傾げた。

「記憶がない霊は色々と厄介だから」

ササキは深刻そうな表情を浮かべながら、煙草に火をつけた。

見れば、ハルとオオヤの表情も暗い。静乃がササキの言葉の意味を知るのは、翌日のことだった。

＊

「今年の誕生日は何が欲しい？」

「えー……すぐには思いつかないなぁ。一緒にいてくれるだけで十分だよ」

明るい部屋で楽しそうに会話を紡いでいる。

隣から聞こえる明るい声の主の顔がはっきりと見えない。首から上が黒い霧で覆われているかのように不鮮明だ。

「じゃあ、とびきりのプレゼントを考えておくよ」

「えーでもリュウちゃんはセンスないからなぁ。期待しないで待ってるよ」

会話をしながら、これは夢でおそらく自分の記憶なのだろうとうっすら理解した。

隣にいる彼女の顔ははっきりとは見えなかったが、確かに笑みを浮かべていた。

視界の端に十二月二十五日に印がついたカレンダーを捉えると、意識がゆっくりと浮上していくのが分かった。

「――おはようございます、ダイさん。ゆっくり眠れましたか」

目を覚ますと、眼前には見知らぬ女性がいた。

ブラインドを開けている彼女と夢で見た女性の姿を、一瞬重ね合わせてしまった。

底が抜けかけたソファから体を起こし周囲を見まわすと、冷たいコンクリートに囲まれた、少し埃っぽい、夢とは真逆の空間が広がっていた。

「おはようございます。お陰様でゆっくり休めました」

自分は記憶を失くし、白い男の紹介で相談所に助けを求めここに宿泊した。そして目の前に立つのは夢で見た彼女ではなく相談所の職員の山上静乃という女性だ。

徐々に覚醒していく頭ははっきりと昨日の記憶を思い出せた。ただ、相変わらずそれ以前の記憶は穴が空いてしまっている。

「どこか体調悪いところとかないですか？」

「いえ、ですが懐かしい夢を見ました」

「夢？」

言葉を紡ぎ始めたダイの話を聞くために、静乃は彼の隣に腰を下ろした。

薄い壁を挟んだ扉の向こうからはテレビの音とハル達の賑やかな声が薄《うっす》らと聞こえている。

「どこかの部屋で、僕と……多分、恋人が話している夢です。彼女はクリスマスが誕生日と一緒らしく、プレゼントに何が欲しいかなんて他愛のない会話をしていました」

「クリスマスと誕生日が一緒なんて素敵ですね。私、クリスマスに恋人がいたためしがなくて……ちょこっと羨《うらや》ましいです」

静乃は恥ずかしそうに指で頬を掻きながら、羨ましそうにダイの話に耳を傾けた。

「多分僕はその日に、この指輪を恋人に贈ろうとしていたんだと思います。彼女の名前も顔も、まだ思い出せませんが……」

静かに、時折表情を苦しそうに歪《ゆが》めながら、ダイは思いを語り始めた。そこに具体的なエピソードはなかったが、ダイは自分の胸に残っている彼女への感情や愛情をどうにか言葉にしようと必死だった。

「……とても大切な人だったんです。何よりも大切で、できることなら彼女と並んでずっと一緒に歩んでいたくて、愛していました」

自分がいわれたわけではないが、静乃は照れて真っ赤になり、熱くなった頬を両手で煽《あお》ぎ風を送る。

その反応を見て我に返ったダイも、ペラペラと話しすぎてしまったことに気づき、堪らなく恥ずかしくなって口元を押さえて俯いた。

「山上さんは不思議な人ですね。貴女には自然となんでも話せてしまう……」

「それは嬉しいな。祖父がよく人の相談に乗ってたんです。祖父と話した人達は最後には皆笑顔になって……私もそんな風にできたらいいな、なんて小さな夢を抱いてたりします」

「人の話を聞けることって素晴らしいことだと思いますよ。少なくとも僕は今貴女と話して少しだけ前向きになりました」

静乃と話してダイは少しだけぽっかりと空いた空洞が埋まっていくような感覚を覚えた。感謝するように頭を下げると、静乃は恥ずかしくも嬉しそうに笑ったのだった。

「おっはよーダイちゃーん。入るよー」

短いノックの直後、返事も待たずハルが元気に部屋に入ってきた。

「なんか思い出せた？」

「いいえ、特には……」

「やはり一日二日で戻るような記憶ではないみたいだのぉ」

オオヤに続いてササキも部屋の中に入ってきた。どうやら静乃とダイの長話に痺《しび》れを切らしたようだ。

「オオヤさんも調べてくれてるみたいなんだけど、これといった情報が入ってこないんだよね。交通事故はここ数日で何件か起きてるみたいなんだけど、ダイさんくらいの年齢の人が死んだって事故とか事件はなんにもないんだよね」

「最新の死亡事故だと、この近辺で六十代の男が運転するタクシーが暴走して壁に突っ込んでおる。運転手の男は即死。運悪くその場に居合わせた一名が意識不明の重傷で病院に運ばれているようだな」

「一時期よくあった運転中に意識を失くして——って事故みたい。なんというか、お互い運がないよね」

オオヤとハルはてきぱきと新聞記事や印刷したネットニュースを皆が見えるように机の上に並べていく。

小さな町の事故や事件が大々的に報じられることは少ない。これだけの記事を集めるために遅くまで調べていたのだろう。ハルは少し眠そうに目を擦《こす》り、欠伸を噛み殺していた。

「どうだ、何か引っ掛かる記事はあるかの」

並べられた沢山の記事をダイは一つ一つ食い入るように読んでいった。しかし失われた記憶を揺らすものはないらしく、申し訳なさそうに首を横に振った。

「あぁ……やっぱりないかぁ」

残念そうにハルはふらふらとオオヤの肩に凭れ掛かると、彼は娘を慰めるようにハルの頭を優しく撫でた。

上司がここまで手を尽くしてくれたのだ、次は自分の番だと静乃は張り切って手を上げた。

「ダイさんが最初に目を覚ました場所にいってみるのはどうでしょう。何か思い出すかもしれないし」

意気揚々と告げた言葉の後にやってきたのは沈黙だった。

皆無言のまま何かを相談するように顔を見合わせている。沈黙に呑まれる室内で一人手を挙げている静乃の姿はあまりにも滑稽《こっけい》だった。

「ごめんなさい、調子に乗りすぎました。許してください」

両手で顔を覆いながら呟くと、隣に座っているダイが慰めるようにその背中を摩《さす》る。

「おシズは正しいよ。しかし記憶のない霊は不安定での……悪いモノに狙われやすい故、その策は最後の最後にとっておきたかったのだよ」

「でもずっと記憶がない方が危ないし……やっぱりそれが一番の方法だよね。それならアタシが――」

「俺がついてくよ」

珍しくササキが重い腰を上げ、厚手のジャンパーを羽織りのそのそと出かける準備を始めた。

「え……所長が行くんですか」

「うっそ、信じらんない」

「どうしたササキ。熱でもあるのか」

「なんか文句あるの」

一番動かない人間がどうしたのかと全員が驚愕してササキを見上げた。珍しく全員の視線を一身に浴びた彼は不服そうに部下達を見下ろした。

「ハルは少し寝てなよ。オオヤはなんか情報掴んだら連絡ちょうだい」

「休めっていわれたら調子狂うなぁ……じゃあクリスマスパーティーの準備でもしてるよ……」

「儂には休めといってくれないのだな」

「だってお前疲れないだろ」

留守番組はササキが珍しく優しいことに調子が狂ったと首を傾げながら部屋を出ていった。そして未だに唖然としている静乃の頭をササキが後ろから軽く小突《こづ》いた。

「いっ……！」

「さっさといくよ。案内頼むわ」

「はい！」

相変わらずササキは生気のない瞳で、羽織ったジャンパーのポケットに寒そうに手を突っ込みながら扉を出る。

静乃とダイも慌てて準備をして彼の後を追いかけた。普段やる気のない人物が自分から動いたりすると何かが起こる。

静乃は僅かに嫌な予感がしたけれど、ハル達に手を振って事務所を飛び出したのであった。

＊

「ええと……僕が立っていたのは、このあたりですね」

やってきたのは相談所から徒歩十分程の場所にある、車一台がやっと通れるくらいの人気《ひとけ》のない細い十字路だった。

「何か事故でもあったんでしょうか」

一軒家のブロック塀に、何かが擦ったような大きな痕《あと》がある。傍にある電柱は一度折れたらしく添え木がされていた。ここで大きな事故が起こり人が亡くなったことを物語るかのように、電柱の下には大きな花束が添えられていた。

「ここってまさかあの暴走タクシーの事故現場でしょうか」

「あの時は暗くて全く気づきませんでした」

静乃とダイは花束の前にしゃがみ、そっと静かに手を合わせた。

「迷子ってそういうことかよ……」

背後から聞こえた呟きに静乃が振り向くと、ササキが顔を顰《しか》めながら周囲を見回していた。

「倉下が珍しく霊なんか連れてくるからおかしいと思ってたんだ。お前、ここで迷ってたのか」

「……どういうことですか」

「早く思い出せ。さもないと戻れなくなるよ」

ササキに見下ろされたダイは困惑の表情を浮かべた。

記憶を取り戻すことを急かすような強い言葉。態度の急変に静乃も何かを察したのか戸惑いがちに周囲を見回した。

大通りへ抜ける近道のようなこの場所は、周りの高い建物に日を遮《さえぎ》られているためか、昼間だというのに薄暗い。カーブもなく真っ直ぐな、おまけに細いこの道で、大きな交通事故が起こってしまうものなのだろうか。

気味悪いほどの静寂に満たされているこの場所に、静乃はようやく違和感を覚え始めた。

「――声が、聞こえる」

そう呟いたダイが、爪が剥がれそうなほど強く頭を押さえ、地面に蹲《うずくま》る。

血走った目を見開き、額から滝のような汗が流れ地面に染みを作っていた。苦しそうに呻《うめ》いてる様子はただ事ではない。

ササキは舌打ちをして、蹲っているダイの肩を担いで立ち上がった。

「ど、どうするんですか」

「ここから抜け出すんだよ。さもないとこいつ諸共《もろとも》、俺らも閉じ込められるよ」

まるで良くないものがいるかのように、ぞくりと悪寒がして身震いした。

幾ら日が当たらない場所だとはいえ、暗すぎはしないか。

ふと足元を見ると、地面に恐ろしく真っ黒な影が恐ろしく長く伸びていた。

影は上下左右様々に伸びて、地面と空を呑み込んでいった。その瞬間ばつんと大きな音がして、真っ直ぐな道だけが伸びる、不思議な異空間が眼前に広がっていた。

道が伸びているといっても、それは一方向だけでなかった。十字路の四方向全てに、同じように果てしない真っ直ぐな道が続いている。

方向感覚が狂ってしまい、その場から一歩も動けなくなった。

「ど、どうしましょう……どこに向かって歩けばいいんですか」

「無闇に動いたら帰れなくなる。アイツが来るまでここで動かずじっとしてるしかないね」

担いでいたダイを地面に転がすと、ササキは悠長に煙草に火をつけて煙を高く吐き出した。

「こんな時になに呑気に煙草吸ってるんですか！」

「こういう時だから。変な場所に閉じ込められたら煙を出すのが一番なんだよ」

真実か屁理屈《へりくつ》か分からないが、こうもはっきりと告げられると反論できない。

何故こんな非現実なことが起きてもこの男は平静でいられるのだろう。そう不思議に思った時、静乃の耳に何かが聞こえた。

「……どした」

ササキが声をかけても、静乃は何も答えず虚空を見つめて立ち尽くしていた。

「鈴の音が聞こえます」

その言葉にササキは眉を顰めて耳をすましたが、無音の世界が広がっているだけだった。

しかし静乃とダイには幾千もの鈴が重なったような音と、おいでおいでとこちらを呼ぶ声がはっきり聞こえていた。それも十字路の全ての方向からだ。

行ってはいけない。

逝ってはいけない。

だが足が勝手に動いてしまう。誘われるようにふらりと静乃の足が動いた。

「おい……！」

静乃の手をササキは掴んで引き止めた。しかし静乃は手を掴まれているという自覚すらないようで、足を前に進めようと体が前のめりになる。

そんな静乃を見てササキは大層面倒そうに溜息をつくと、彼女の頬を思い切り平手で打った。

「しっかりしろ。お前が呑み込まれてどうするの」

頬に走る痛みとササキの声で、虚《うつ》ろだった静乃の瞳に生気が戻った。

「――す、すみません……私、今……」

自分は今何をしようとしていたんだ。正気を取り戻し自分が今進もうとしていた道を見る。

そこはもはや普通の道路ではなくなっていた。ペンキで塗りつぶされたように真っ黒な一本道が伸びている。

恐らくあのまま進んでササキとはぐれていたら絶対にもうこちら側に戻ることはできなかっただろう。意識がはっきりした今、何故自分があんな行動に出ようとしていたのか分からなくて悪寒が走る。

だが、もう大丈夫だ。しっかり気を保つように拳を強く握りしめた。

「……ダイさん！」

静乃は思い出したようにダイに駆け寄った。

彼は変わらず頭を抱え呻き声を上げている。顔を覗き込むと焦点が定まらない瞳が泳いでいる。彼の意識を引き戻そうと背中を叩いたり声をかけたりするが、何の反応もない。

「ダイさん！　ど、どうしよう……」

「早く記憶を取り戻さないと、アレに呑み込まれるぞ」

慌てる静乃を尻目に、ササキは顔色一つ変えず平然と煙草を吸っている。

「――っ、あ……」

「ダイさん、思い出してください！」

苦しみ震えているダイの手を静乃はそっと握りしめた。

視線を手元から彼の足元に移し目を丸くした。彼の体は足先から闇に呑み込まれ始めていた。このままでは本当に手遅れになってしまう。

闇に蠢くバケモノがすぐ後ろで、今にも彼を食べようと舌舐めずりしている。

考えろ。彼の記憶を引き戻す手がかりを。

静乃はダイが語ったことの全てを手繰り寄せ懸命に頭を働かせた。

「――指輪」

はたと、今朝彼が話してくれた夢の話を思い出した。

慌てて静乃はダイのコートのポケットを探りリングケースを取り出すと、そこから婚約指輪を取り出した。

昨晩は確かに眩いばかりの輝きを放っていた指輪が黒ずみ始めていた。

服の裾で幾ら拭おうとその黒ずみは取れない。ダイを侵食する闇が深くなるに従って指輪も黒ずみ、輝きが失われつつあった。

「黒くなってる」

「その指輪は多分、その男のお守りみたいなもんだ。それが黒くなったらダイは死ぬ」

彼の手に指輪を握らせ、その上から静乃は強く手を握った。

「思い出してください。ダイさん。指輪、渡すんでしょう！」

手を強く握りしめ、彼の耳元で必死に叫んだ。

記憶を失った彼がたった一つ持っていた持ち物だ。きっときっと彼を守ってくれる。

彼をこの世に留めてくれるはずだ。

「クリスマスが誕生日の、大好きな恋人さんにプレゼントするんでしょう！　こんなところで死んでどうするんですかっ！」

ダイの鼓膜《こまく》が破れるような勢いで、静乃は腹から叫んだ。

どうか、どうか戻ってきて。こんな暗いところで永遠にさまよい続けるなんてあまりにも酷すぎる。

その時静乃の手の中で彼の手がぴくりと動いた。

頭に響く鈴の音が。手の平に伝わる硬い感触が。耳を突きさす女の声が。

体の奥底に封じ込められていた記憶が爪先から頭の先、体の隅々に染みわたるように蘇《よみがえ》っていった。

＊

「――さん。――さん！」

暗闇の中に、米粒ほどの小さな光が差し込んだ。

その光に手を伸ばし、歩き始める。その声が、その光が導く方へ歩き出す。

そうして闇を抜けると、男は十字路を歩いていた。この光景を見た途端、失っていた記憶が滝のように蘇った。


三日前の雪が降りそうな寒い日の夜、男は会社帰りにこの十字路を歩いていた。

前々から予約していた婚約指輪を受け取り結婚を決めていた大切な恋人に届けようとしていたのだ。

一刻も早く彼女が住むマンションに行くために、普段は通らない人気のない細い路地裏の道を速足で歩いていた。

不気味な静寂の中、青白い蛍光灯が切れかけているのか点滅を繰り返している。

時刻は午後七時頃。日が短くなって夜の帳が下りているのは当たり前だが、この場所は深夜のように静まり返っていた。

こんな不気味な路地裏は早く抜けてしまおうと、足を動かした。

――しゃん、しゃん。

その時鈴の音が聞こえた気がした。思わず足を止めて、音がした方を見た。

足を止めたのは丁度十字路の中央。目の前、背後、そして左右、全方向から鈴の音が聞こえてくる。その道は長く、まるで果てしなく続いているような感覚にとらわれた。

〝おいで、おいで〟

子供のような。老人のような。女のような。男のような。赤子のような。優しいような。怖いような。明るいような。暗いような。怒っているような。笑っているような。

どの声とも、どの感情ともとれる不思議な声が聞こえてきた。そしてその声は確実にこちらに近づいている。

そしてとうとうその姿が明らかになると、男はひゅっと息を呑んだ。

ヘドロのような生臭い、吐きたくなるほどの腐敗臭。生ごみ――いや、この世の悪い物全てをかき集めて、適当に混ぜたような黒く大きな丸い塊。そこから人のような細く長い不気味な手が何本も生え、重い体を引きずっている。

引きずるような音の正体がこれだった。その黒い塊は生きているように脈打ち、大小の血走った目がびっしりとあって、ぎょろぎょろと何かを探していた。毛が逆立つほど気持ち悪く不気味で背筋が凍りついた。

〝ヲイデ、ヲイデ〟

あれに呑み込まれたらいけない。だが動けない。そしてその塊は男まであと数メートルの距離に近づいていた。

嗚呼、自分はこのままあの訳の分からないモノに呑み込まれてしまうのだろう。悟ったようにぎゅっと目を瞑《つむ》り、ポケットに入れてあった指輪を強く握りしめた。せめて最後に、この指輪だけは恋人に、恵美《えみ》に渡したかった――。

衝撃が来ることに備えたが、一向に何も起こらない。

恐る恐る目を開けると這うような音はするりと男の横をすり抜けた。ソレは彼に気づかず真っ直ぐ歩いていった。

「――っ、助かった」

恐怖が去り、脂汗を拭いながら心底安堵し、ほうっと息をついた。これで、助かる。足も動く。きっと今のは夢だったのだと、足を一歩前に踏み出した時だった――。

〝ヲイデ〟

背後。耳元でその声が聞こえた瞬間、凄《すさ》まじいクラクションが響き、どんっと凄い衝撃が体に伝わった――そして目の前が赤に染まる。
それが男が最後に見た光景だった。

＊

〝オイデ、ヲイデ、おいで、ヲイデオイデおいで――〟

そして再び、そのバケモノは目の前に現れた。

ぎょろりとした数百の目が見つめている。そして黒い塊の中央が裂け、口裂け女のように大きな口を開き、舌なめずりをするように真っ赤な舌を覗かせていた。

「ひっ――」

「動いたら喰われるぞ」

静乃は目の前の恐ろしいバケモノに声にならない悲鳴を上げた。

目の前の生物から魚の内臓のような、生臭い唾液が地面に垂れる。それが呼吸をする度にむせ返るような腐敗臭がして、吐き気が込み上げてくる。

微動だにしてはいけない。声の一つも漏らしてはいけない。表情一つ変えずに対峙《たいじ》しているササキの忠告を受け、静乃は手で口元を覆い必死に息を殺し、ダイを守るように背中に隠した。

「――あの時も、この音と声が聞こえていました」

蹲っていたダイが頭を押さえながらゆっくりと起き上がった。

「ダイさん！」

起き上がったダイを見てササキはほっとしたように肩の力を緩めた。

ダイの瞳には光が戻り、血の気がなかった顔に生気が戻る。

「……ありがとう、山上さん。貴女のお陰で思い出した」

彼はまるで別人のように安らかな笑みを浮かべ、静乃の手を握り返した。

「記憶が、戻ったんですね！」

「ええ……僕は、三日前ここを通って暴走したタクシー事故に巻き込まれた……長濱《ながはま》隆二《りゅうじ》です」

「お前はアレに食われたの」

「いいえ……確かにこのバケモノは僕の横を通り過ぎた。僕ではない誰かを狙っていたようです」

バケモノはササキの足元に転がっていた花束を手に取ると徐《おもむろ》に口に運び、まるでこの花を贈られた者は自分が食ったといわんばかりに、にぃと不気味な笑みを浮かべて丸呑みした。

「こいつが食ったのはタクシーの運転手か」

「じゃあダイさんは……」

「こいつに食われる寸前に車が突っ込んで来て意識を失った。中途半端な状態でここに取り残されたから記憶がごっそり抜け落ちたんだ」

突然車内で意識不明となった運転手が起こした暴走事故。

次の客を探していたタクシーは大通りに抜ける近道としてこの道を通り、そしてこのバケモノに襲われた。

そこに運悪く居合わせた長濱も同じように道に迷い込み巻き込まれてしまった。

「そしてこいつは食べ残しを食べに来た。ついでに俺らも食べるつもりでな」

「た、食べられたらどうなるんですか」

「こいつが食べるのは肉体じゃなくて中身。食われても体はきっちり元の世界に戻るから安心して」

「笑い事じゃありません！」

くつくつと笑うササキに静乃は怒鳴った。

ササキがいう〝中身〟というのは、人間の中身という内臓などではなく、もっと霊的な――例えば霊魂などのことだろう。

本当にこのバケモノがタクシーの運転手を食ったというのであれば突然意識不明になりこの裏道で暴走事故を起こした説明もつく。そして長濱はバケモノからは逃れたものの、暴走事故に巻き込まれた。

確かオオヤが見せてくれた新聞記事によると、暴走事故に巻き込まれた人物は意識不明の重体だったはず。もし、その人物の中身――魂だけがこちらに迷い込んでいるのだとしたら、隣にいるこの男は――。

「所長、もしかしてダイさんは――」

「種別は違うけど、生き霊だよ」

静乃が一つの結論にたどり着いた時、ササキの元にバケモノの手が無数に伸びてきた。その手は体、足、手、顔と探るように、獲物を品定めするように触れてくる。

不快そうにササキは眉を顰め、再び煙草に火をつけた。

「所長！」

目の前に死が迫っているというのにササキは目の色、いや表情一つ変えなかった。日常と何ら変わりないいやる気のない瞳で目の前の汚いモノを見つめている。

「こんな死に損ない食べても大して腹は膨れないと思うんだけど……食べたきゃ食べれば」

煙草の煙を思い切り目の前のモノに吹きかけた。

大きな口の中に入った煙でソレは苦しそうにむせる。怒りに任せソレはササキの首に手を掛けた。

一歩先に広がる死の世界。それが近づいてきたとき初めて彼の瞳に光が宿ったような気がした。

「ササキさん、駄目です！」

目の前で今一人の人間が消えようとしている。

駄目だそれは駄目だ。

こんなところで死なれてしまったら帰り道が分からなくなるし、ようやく出会えた大切な人達を目の前で失いたくない。

静乃はササキの名を叫びながら懸命に手を伸ばした。ササキは今にもソレの口の中へと放り込まれようとしている——その刹那、ササキはにやりと口角を上げた。

「死なせないよ、ササキくん」

突然、聞き覚えがある声と共に、札のようなものが飛んできた。

目の前で爆発が起こり、バケモノは霧のような白い煙に包まれた。

もがき苦しむ声が聞こえる。ササキを掴んでいた手が離れ、解放されたササキは尻餅をつき、服についた汚れを叩いている。

「いるんだったらさっさと助けろ」

「あらバレてた？　ちょっと確認したいことがあったから様子見してたんだ、ごめんね」

物腰柔らかな声。煙の中から姿を現したのは倉下だった。

ほんの数瞬前まで死にかけていたというのに、ササキは平然と倉下と会話を交わす。

「所長、お怪我《けが》は……」

「大丈夫」

「ああ……よかった。食べられたかと思った……」

心底安心して腰を抜かした静乃の頭を、ササキが慰めるように数度軽く叩いた。

「それでその人の記憶は戻ったのかな？」

「お前が霊を連れてくる時点でおかしいと思ったんだ。狙いはあのバケモノか」

「うん、ちょっと仕事でね。あれほどの大物は餌を撒《ま》かないと出てきてくれないから、囮《おとり》に使っちゃった。でも、僕は人には優しいから、ちゃあんとササキ君達をお供にしたでしょ？」

「……ホント性格悪いよな」

ササキが恨《うら》めしげに見上げた倉下は、清々《すがすが》しい笑みを浮かべた。

詰まるところ静乃達は、倉下凛太郎という男にいいように使われた、ということになる。そんなことで命を危険に晒したのかと、静乃は信じられない表情で倉下を見つめた。

「アレに捕まったら帰れなくなっちゃうから、さっさと逃げようか」

「祓《はら》わないのか」

「こんな中腹で戦うのはさすがの僕もきついよ。出口のギリギリで一気に殺す」

異常な空間で笑う倉下の瞳には殺気が満ちていた。

「逃げるって……出口も見えないのにどうするんですか」

「鍵ならその人が持ってるはずだよ」

倉下は長濱の手を指差した。その中には長濱の唯一の所持品である婚約指輪が握られている。

「やっぱりこれが鍵なんですか」

「それは君の未練。未練が大きいほどこの世に長くしがみ付いていられる。その指輪はこの世とあの世を繋ぐ一本の蜘蛛《くも》の糸みたいなもので……まあ簡単にいうと、命根性汚くて良かったねってことだよ」

「は、はあ……」

爽やかな笑顔で放った毒舌に長濱は顔を引きつらせた。

「鍵があるとしてどうやって出るんですか」

「簡単だよ、何があっても振り向かないで走る。なるべく明るいこと考えてね」

倉下の提案はとても簡単で、同時に難しい話だった。

あのバケモノに襲われる恐怖の中で、明るいことを考えながら振り向かずに走るというのは難しい。しかしそうしなければ生き残れない。

静乃が気を引き締めるために頬を叩いていたところ、長濱が振り返り優しい瞳で静乃を見下ろした。

「……山上さん、どうもありがとう」

「え？」

「さっき、ずっと貴女の声が聞こえていたよ。僕がこうしていられるのは、きっと貴女のお陰だ」

「……そういうのは、ここを無事に抜け出してからいってください。それ、死亡フラグってやつですよ」

静乃が戯《おど》けて笑うと、長濱もつられるように笑みを浮かべた。彼は目に涙を浮かべてくすくす笑い、そっと静乃に手を差し出した。

「いや、本当にお礼がいいたかったんだ。どうも、ありがとう」

「恋人さんに指輪渡しに行きましょうね」

「ええ」

「じゃあそろそろ、命がけで走ってってね」

顔を見合わせて頷いたのを見計らい倉下が合図を出し、一斉に走り出した。

こんなに命がけで走ることは人生後にも先にもないだろう。

背後からは凄まじい轟音《ごうおん》がして、バケモノが追いかけてくる気配がするが、後ろを振り返らず無我夢中で駆け抜ける。

幾つもの十字路を抜け、真っ暗だった世界が徐々に薄暗く変わり始めた。

無音だった世界に車の音や人の話し声が聞こえてくる。

明るい世界へはもう少しだ――。

〝たすけて、一人にしないで……〟

光に呑み込まれる瞬間聞こえた声に、静乃は一瞬後ろを振り返ってしまった。

バケモノはすぐ後ろまで迫っていた。人を襲うというよりは助けを求めるように寂しげで、悲しげだった。幾つもの目からは涙のような汁が流れている。

〝いやだ。独りは怖い。いやだ……サビシイ。苦しい〟

悲しそうな声が聞こえてきたような気がした。

貴方も明るい世界にいけばいい、と思わず手を伸ばした時だった。

「さっさと消えなよ。お前らなんていない方がいいんだから」

その苦しみを嘲笑《あざわら》う声がして、倉下がバケモノに何枚もの札を投げつけた。

悲しげな手は何も掴むことなく、蒸発するように消えていった。

そして次の瞬間、目を開けていられないほど眩しくなって目の前が真っ白になった。

目を細めて光の方を見ると、静乃の前を走っていた長濱の姿が光に呑まれ、消えていこうとしていた。

彼は最後に静乃の方を見て、ありがとう、と口を動かしたような気がした。

*

もう一度目を開けると、目の前を何台もの車が走り、通行人達が怪しそうに見ていた。

現実に戻って来たのだと思った途端に喧騒が飛び込んでくる。人間が生きている世界はこんなにも明るく賑やかなのだと心の底からほっと息をついた。

「戻ってこれた……」

「はー、久々に全力疾走した……」

「ぜぇ……はぁ……げほっ」

皆それぞれ息を整えているが、特に愛煙家のササキは今にも死にそうに噎せ返っている。

一番若い静乃は回復が早く先ほどまでいたはずのもう一人の姿を探した。

「あれ……ダイさんがいない」

あたりを探しても、ダイの姿はどこにも見当たらなかった。

「元の場所に……はぁ……戻ったんじゃない……」

息も絶え絶えにササキが答えた。ではあの光に包まれた時にダイは行くべき場所に戻ったのだろう。

「さっきの黒いのは一体なんだったんですか」

「あれはこの世の穢《けが》れ。簡単にいうと生ゴミみたいなものかな。悪口、愚痴《ぐち》、怒り、悲しみ、憎しみ。人が生み出す負の感情をかき集めてぐちゃぐちゃに混ぜ合わせた存在がアレ。あれは誰よりも孤独で、いつも仲間を探している――名もない哀れなイキモノだよ」

静乃の問いに答えたのは笑みを浮かべた倉下だった。

「黒い塊はどうなったんですか」

「一応息の根は止めたけど、どうせ何回でも生まれるんだろうね。このご時世、好きなように毒を吐けるようになったからね」

あのイキモノは人の負の感情によって生まれる。

現代は、ＳＮＳなどで人の悪口や愚痴、恨みつらみなどを簡単に垂れ流せるようになった。遥か昔、藁人形《わらにんぎょう》に五寸釘を打つ程の大きな恨みではないが、人々は毎日小さな毒を吐きだしている。

たとえ小さな穢れだったとしても、塵《ちり》も積もれば山となる――アレはそのうち再び目を覚ますことになるだろう。

「……簡単に人の悪口とか愚痴とか、書き込めますからね」

そう呟きながら、静乃は通り過ぎた歩きスマホをしている女性の手元を見た。

平然とした顔で歩いているものの、きっと何か愚痴を呟いたのだろう、スマホからぽたりと黒いヘドロのような物が落ち、地面を這いあの路地へ消えていった。

きっとああいう物が集まって、あのバケモノが生まれることになるのだろう。

「でも、なんだか凄く寂しそうでしたよ。独りが怖いっていってました」

静乃の呟きに倉下が目を見開いた。静乃の耳には確かにあのバケモノの声が届いていた。悪い気の寄せ集めだとしても、生まれてしまえば一つの生き物だ。彼らは彼らなりに感情を持ち、意思を持ち、孤独を恐れるが故に身を寄せ合って、あんなに巨大なモノになってしまったのかもしれない。

「あんなのに同情するなんて、静乃ちゃんってほんっとうにお人好しだよね。さすが僕が見込んだだけはある」

倉下は張り付いたような笑顔のまま静乃を見下ろした。その瞳は冷たくも好奇心に満ちていた。

「気持ちわるい。静乃さっさと帰るよ」

倉下の言葉を遮るように立ち上がったササキは、不快そうに眉を顰め、息も絶え絶えに歩き出した。

「辛いならもう少し休んでた方が……」

「こんな人混みにいる方が具合悪くなる」

人混みといっても平日の昼間。確かに通行量は多いことは多いが、人混みというには人が少なすぎる。

当人も普通の人間だというのに、同じ人間のことが余程嫌いなのだろう。静乃の制止を振り切って横っ腹を押さえながらふらふらと歩き出した。

「ササキ君は人間が大嫌いだからね。危ないことしないように見守っててあげてよ、じゃあまたね静乃ちゃん」

倉下はササキの丸い背中を見ながら楽しそうに笑うと、彼とは反対方向に踵を返して歩き出した。

この二人は友人同士だというのに全く別れを惜しむことなく、どんな状況でも平然と会話をする。捻《ひね》くれ者同士馬が合うのだろうかと、静乃は遠ざかって行く倉下の背中を暫し見つめた後、ササキを追いかけた。

「所長、大丈夫ですか」

いつにも増して丸い背中を静乃はそっと摩《さす》った。

「リンは帰ったの」

「あ、はい。反対方向に歩いていっちゃいました」

口では無愛想ながらも、なんだかんだお互いのことは気になるようだ。

「あんましアイツのいうことを真に受けないほうがいい」

「性格が悪いから、ですか。私も初対面の時、思い切り毒吐かれましたもん……顔が良いから尚の事タチ悪いですよね」

「はっ……分かってんじゃん」

ツボに入ったのか、ササキは珍しく声を出して笑っていた。滅多にない上司の笑顔につられて静乃も笑う。

「ダイさん、最後にありがとう、っていってました」

見間違いではない。彼は最後に確かに礼を述べていた。

馬鹿にされるかとも思ったが、その言葉を聞いたササキは呆れるでもなく笑うでもなく、静かに静乃の肩を叩いた。

「よかったな」

静乃に対してか、はたまた長濱に対してか。ササキの言葉はぶっきらぼうながらも優しく慈愛に満ちていた。

「急いで帰りましょうか。きっとハルちゃん達心配して待ってますよ」

「そうだな」

そうして他愛のない会話をぽつりぽつりと交わしながら、二人は仲間が待つ廃ビルへ帰って行ったのだった。

＊

「――ウ。リュウくん」

全身を包む光の中で、聞き覚えのある声がずっと自分の名前を呼んでいた。

「リュウくん！」

「先生呼んできます！」

段々と聴覚がはっきりしてきて周りの喧騒が聞こえてくる。

瞼《まぶた》を開けようと懸命に力を入れるが、まるで縫い付けられたかのように開かない。

先に動いたのは指先だが、それを動かすのは指先に全神経を集中させてやっとのことだった。

その瞬間に自分の手を柔らかく温かいものが包んだ。そして温かい水がぽつりぽつりと伝っている。これは涙、だろうか。

彼女が泣いている。即座にそう思った。

早く目を開けて指輪を渡すんだ。

きっと自分がここに戻ってこれたのは彼女との約束のお陰だから。

嗚呼、命根性汚くて上等だ。そうでもなきゃ惚れた女と一生添い遂げようなんて覚悟できるわけがない。

瞼に全神経を集中させる。めりめりと嫌な音がするのも気に止めない。

開け、開けと全身に鞭を打って瞼をこじ開ける。すると次第に暗い世界に光が徐々に差し込んできた。

「リュウくん！」

ぼやける視界には見知らぬ白い天井と、目一杯に涙を浮かべる彼女が飛び込んで来た。

近くでは騒がしく看護師達が走り回っている。

「大丈夫？　私のこと分かる？　事故にあって何日もずっと眠っていたんだよ」

自分が何者で、彼女が誰かあの時の自分は忘れていたけれど、確かに今ははっきりと分かる。

「――、――っ」

自分は隆二で、君は自分の大切な恋人の恵美。喉は鉄を流し込まれたかのように熱く嗄《か》れていて声なんて出やしなかったけれど、懸命に名を呼んだ。

意識がはっきりしていくと、眠りから覚める前に過ごした人達の記憶が夢のように少しずつ薄れていく。

親切にしてくれた彼らの姿を思い出そうとするたび記憶に靄《もや》がかかっていく。

しかし、あの時彼女は確かに自分に指輪を握らせてくれた。恋人に必ず届けるのだと、強い決意が篭った瞳で、闇に呑まれそうだった自分を掬《すく》い上げてくれた。

もはや顔も、名前すら思い出せないけれど、確かに自分は彼女に救われたのだ。

手の平に小さく硬い感触を感じながら、自身の手を握る彼女の手にお守りのようにずっと握りしめていたものを渡した。

震える手で酸素マスクを外し彼女に微笑みかけた。

「……えみ。たんじょうび、おめでとう」

自分の手の中に輝く指輪を見て、彼女はダイヤモンドのような大粒の涙を流し始めた。

「ぼくと、けっこん……してください」

「――目が覚めて最初にそれって、なんなのよ……もう。ばかぁ……」

そうして傷だらけの男に思い切り抱きついた。

彼女の顔は涙や鼻水でぐちゃぐちゃで、それはもう美人な花嫁さんと呼べる代物ではなかったけれど、ずっと彼女は自分の傍にいてくれたのだ。

手の平から伝わる彼女の頭や背中は湯たんぽのように温かくて、自分の体は石のように重い。だが、これが生きている証拠だ。

プロポーズは命がけとよくいうが、本当に命からがら想いを告げることになるとは思ってもいなかった。

だからこそ元気になったら彼女に話すんだ。記憶は徐々に薄れていくけれど、自分を助けてくれた親切な人達と過ごした、奇妙な日々を。

*

「メリークリスマス！」

疲労困憊になって帰ってきた二人が相談所の扉を開くとサンタ帽をかぶったハルとオオヤが笑顔で待ち構えていた。

ササキと共に目を瞬かせているとクラッカーの破裂音とともにカラフルな紙吹雪が降り注いだ。

「お帰りなさい！　ダイちゃんはどうだった？」

「色々あったけど無事に終わったよ」

頭についた紙吹雪を払い、首を回しながらササキは来客用のソファにどかりと腰を下ろした。

静乃も相談所についた途端どっと疲れがでてササキの向かいに倒れ込んだ。

「……なんだか酷く疲れました」

「あんな目に遭えば誰だって疲れるよ。俺も疲れた」

ソファの肘掛にぐったりと凭れ掛かる二人の隣にハルとオオヤも腰を下ろし、冷たい水を一杯差し出した。

「相当疲れているようだが、何があったか聞いてもよいか。姿が見えぬということは良い結果なのだろう」

フードを深く被り背凭れに凭れているササキの代わりに、静乃は重い体を起こして事の顛末《てんまつ》を二人に伝えた。

「……そっか、ダイちゃんは生きてる人だったんだね」

「十字路は迷いやすいからの……無事抜け出せて、お主らも無事でよかった。危ない目に遭わせてすまなかったの」

「あーあ。一緒にクリスマス会しようと思ったのになあ……でもそっかあ。ダイさん記憶が戻ったんだね。よかったたぁ」

ハルは寂しそうにいいながらも、ダイが戻れたことには安堵と喜びを噛みしめていた。

「それで……こんな昼間から何するわけ」

話が終わるのを見計らったようにフードを外したササキが体を起こす。

目の前の座卓の上にはシャンパンやビールなど大量の酒と、ピザやチキンをはじめとした豪勢なクリスマス料理が並んでいた。

「え、決まってるじゃん。クリスマスパーティーだよっ！」

「昼間から飲むの？　まだ仕事中なのに」

「どうせお客さんも来ないし、アタシ達も徹夜で、所長もシズちゃんも危ない目に遭って疲れてるだろうし。打ち上げにぱーっとやろうよ」

「いいな、賛成。飲もう」

珍しくササキが先陣切り、ビールの口を開け準備を始める。

本当にいいのだろうかと戸惑う静乃に、オオヤが細長いシャンパングラスを渡し、黄金色の液体を注いだ。

恋人と過ごすどころか、まさか幽霊達とクリスマスパーティーをすることになるとは、昨年の自分に教えてやりたいなと静乃は思った。

飲み、笑い、食べ、穏やかで優しい時間が流れて行く。来年もこうして過ごせればいいなと、静乃はそっとサンタクロースにお願いしてみたのであった。

第四話　終わらない冬、遠い春

「大丈夫？」

ある日の放課後。廊下で蹲って泣いていた女の子に、手を差し伸べたことがあった。

彼女は酷く驚いたようにびくりと肩を震わせて、私の手を見つめながら恐る恐るゆっくりと顔を上げた。

ボサボサの髪の間から覗く、悲しく怯えた虚ろな瞳に思わず息を呑んだ。私と目が合うと、彼女は安心したように肩の力を抜いた。

学校生活はとっても楽しくて、毎日がキラキラ輝き、それこそ箸《はし》が転がるだけで面白かった。そんな青春真っただ中に、こんな人生を諦めたような悲しい瞳をしているこの子に一体何があったのだろう。

彼女は怯えながら、周りを気にするようにあたりをきょろきょろと見回して、私の手を取るか迷っていた。

「……いい、の？」

「いいよ。ほら、掴まって」

立ち上がった彼女の制服は不自然なほど汚れていた。服の裾から覗く手足の至る所に沢山の痣《あざ》や擦り傷が刻まれている。そのまま視線を下ろすと上靴も片方ないではないか。明らかにこの場で転んだだけではなさそうだ。

よく見るとその顔には見覚えがあった。話したことはないけれど、確か他のクラスの女の子だ。

彼女はまるで誰とも目を合わせないように前髪を垂らし、一瞬目が合ってもすぐに自信なく下に逸らされてしまった。

「ねぇ、キミさ。前髪上げた方が可愛いよ」

「えっ……あ、あのっ」

ポケットを確認すると丁度ピンク色の髪留めが入っていた。私は俯いているその子の前髪をかきあげた。驚き慌てふためく彼女を笑いながら宥めてその前髪を髪留めで留めた。

「ほら、やっぱりこっちの方が可愛いよっ。すっごい色白いし……羨ましい！」

「えっ、あ……そ、そんなことない……よ」

目を見られることが恥ずかしいのだろうか彼女は手で顔を隠し何度も首を横に振る。

その時ぴろんとスマホが鳴り、母親から買い出しを急ぐようにと連絡が入ってしまった。

「あっ、やば。急がなきゃ……ごめん、私もう行かなきゃ。転ばないように気を付けて！　それよかったら使って！　また明日ね！」

「あ、ありがとう……また……あした」

忙《せわ》しなく手を振って走っていく。小さくながらも、彼女も手を振り返してくれた。

そういえば名前を聞くのを忘れた。まあ、いいか。また明日から何度でも会えるのだから――。

それが私の楽しい青春最後の思い出だった。

あの子が前髪で顔を覆い隠し、あんなに生気のない瞳をしていた理由が、翌日から嫌というほど分かった。

〝死ねよ〟

〝学校くんなよブス〟

昨日まで一緒に笑い合って居た友達が、次の日には別人のように離れていった。

あれだけ毎日楽しく更新していたＳＮＳが、容赦無く牙を剥いてきた。

声をあげても誰も気づかない。まるで幽霊のように存在を無視された。

「大丈夫⁉　モモが、守ってあげるからね！」

そんな中で手を差し伸べてくれた太陽みたいな人がいた。たまらなく嬉しくて、縋り付くようにその手を取った。けれど私は地獄の底なし沼から抜け出すことはできなかった。

私はもう一人では立っていられなくなって。気が付いたら首には罪のように消えない赤黒い痕と、長い重い縄が巻かれていた。

なんでこんなことになってしまったのだろう。私は何か悪いことをしたのだろうか。きっかけは一体何だったのだろう——今でも分からない。

＊

一月某日午前。年が明け本格的な寒さが到来し、長い冬も折り返し地点だ。

廃墟同然のこのビルには、暖房設備はあるものの隙間風があちこちから容赦無く入ってくる。なので冬場は炬燵《こたつ》を出し、皆どてらを着て身を寄せ合い暖を取っていた。

ビルに住む幽霊達も寒さには弱いのか、皆で体を寄せ合い、時には相談所に集団で押し寄せ暖房で温まっていくこともある。炬燵は連日満員御礼だ。

「……さむい」

「お主は本当に寒がりだなぁ……」

室内の温度は二十度前半。隙間風が吹いていていようと決して凍《こご》える程ではない。ササキはパーカーの上に話題の極薄ダウンジャケット。おまけにその上にどてらを羽織り完全防寒をしている――はずなのに震えながら、熱々のカフェオレを息をかけて冷まし、チビチビと啜っていた。

「所長寒いの嫌いなんですか？」

「大っ嫌い。暑いのも嫌いだけど、寒いのはホントに無理」

カップを机の上に置くとササキは外に出していた手を目にも留まらぬ速さで炬燵の中にしまい、いつも以上に背中を丸くして体を縮こませる。余程寒さに弱いのだろう。

「こんな寒い日はあったかーいお鍋食べたいよね」

「ああ……いいね。でも一人だと、お鍋って中々できないんだよね」

この時期になるとテレビで流れる鍋のコマーシャルを見る度に、実家で鍋を囲んだ祖父母のことを思い出し、ふと故郷を恋しく思ってしまう。

最近では家庭でもできる一人鍋セットなどが売られてはいるものの、一人鍋ほど寂しいものはなかった。

「それなら今日一緒に食べようよ。お鍋はやっぱり皆で食べた方が美味しいもんね」

「食べられるのは嬉しいけど……お鍋で温まったら帰りたくなくなっちゃうもん」

「それなら泊まってけばいいじゃん」

一度泊まってしまうとハルも静乃もすっかり味をしめ、今では週に二度ほど廃ビルに泊まっていた。

「静、泊まってくなら鍋の具材買ってきて。ついでに煙草も」

「えー……寒いから所長、一緒に行きましょうよ」

特に今日は冬の大寒波が到来し、東京も氷点下に見舞われ雪の予報が出ていた。

近くのスーパーはここから歩いて十五分もかかる。お使いを頼まれた静乃は外の寒さを思い出し眉を顰めた。

「最近はネットスーパーというものがあるらしい。それで頼もうじゃないか」

「さっすがオオヤさん！　天才っ」

何故か一番年長のオオヤが一番ネット事情に通じていた。いつも愛用しているデスクトップ型ではなく炬燵にノートパソコンを持ち出して、慣れた手つきでネットスーパーで次々と食材を買い漁り始めた。

「ササキくんいる？」

「あ、倉下さん」

聞き覚えのある声と共に、ノックもせずに唐突に扉を開けて入ってきたのは、始終笑顔で春のような温かいオーラを纏った倉下だった。

その途端、オオヤとハルの表情が凍りついた。

ササキが視線だけを向け、挨拶する代わりに迷惑そうに溜息をつくと、倉下は相変わらず冷たいなぁ、と寂しそうに手を振った。

「今日寒いよねぇ……このままだと雪降るんじゃない？　静乃ちゃん隣失礼するよ」

「どうぞどうぞ」

寒い寒いと手を擦り合わせながら、倉下は静乃の隣に入り込んだ。

炬燵から出なくても済むように、電気ポットとお茶セット、リモコンやお菓子類を机の上に置き、立派な要塞を作り上げている。いつもなら客が来ればすぐに茶を淹れるハルは、人形のように固まって動こうとしなかった。

オオヤは気にした様子もなくパソコンに向かっているが、いつも揺らめいている影は倉下に対する警戒心からか、糸のようにぴんと張り詰めていた。

そんな二人を気に留めながら、静乃は茶を淹れる。さらに机の真ん中に置かれた籠に入っているみかんを一つ、倉下に差し出した。

「態々《わざわざ》ありがとう。炬燵でみかんって美味しいよね」

ササキは静乃の左手側。ハルはその向かい。そして絶対視界に入るであろう真正面にはオオヤが鎮座していた。

二人の幽霊達から漂ってくる警戒心に倉下が気づいていないはずがない。だが彼はまるでハルとオオヤなど端から視界に入っていない——否、見えていないように、ササキと静乃しか見ていなかった。

「あの、倉下さ――」

もしかして彼は幽霊が見えていないのではないだろうか。静乃はかねてから思っていた疑問を口にしようとしたものの、その言葉を呑み込んだ。

倉下が視線を動かした時、確かにオオヤと目が合った。その瞬間、彼の笑顔から笑みが消えたのをはっきり見てしまった。

まるで獲物を見る肉食獣のような、自分よりはるか下の者を見下すような、冷たい侮蔑《ぶべつ》の感情が倉下の瞳には刻まれていた。

その瞳を見た瞬間、静野は背筋が凍りついた。

「どうしたの静乃ちゃん。大丈夫?」

言葉を失って僅かに震えていると、倉下が心配そうに顔を覗き込んできた。その表情はいつもの優しい笑顔に戻っている。

今のは見間違いだといい聞かせ、倉下の問いに小さく頷いた。

「今日はなんの用」

「ほんとササキくんは冷たいなぁ。この間の迷惑料と依頼料の支払いにきたんだよ」

倉下は茶を一口啜ると懐《ふところ》から少し厚めの茶封筒を取り出して、ササキの前に押しやった。

「あの長濱隆二さんって人、無事に意識取り戻したみたいだよ。彼を助けるためにここに押し付けちゃったのは僕だからその依頼料。あと、それにアレを仕留めるために二人を囮にして危ない目に遭わせちゃった迷惑料ね。これでも一応悪いと思ってるんだよ？　静乃ちゃんも怖い思いさせてごめんね」

「いえ……」

謝罪の言葉を述べているのに、倉下の声には全く反省の色がなかった。

「悪いなんて全く思ってないくせに、よくいうよ」

ササキはそういいながらも金は受け取るようで、茶封筒を懐に仕舞い込んだ。

「あぁ、それと。入り口にお客さんが立ってたよ」

それを先に教えろという顔で、全員が一斉に扉の方を見た。

扉にはめ込まれている小さな四角い磨りガラスの向こうには、倉下のいう通り人影が見えた。慌てて静乃が炬燵から這い出て扉を開けた。

「あ、あの……アヤカシ相談所、ってここですか」

そこには首から太い縄を垂らしたセーラー服姿の、ハルと同い年くらいの女子高生が緊張した面持ちで立っていた。

少女の姿を見た瞬間ハルが目を見開いてすくりと立ち上がり、立ち尽くす女子高生に駆け寄った。

「ようこそ、アヤカシ相談所へ。何か困りごとかな？」

緊張して顔が強張っている少女に、ハルはいつもより優しく声をかけた。

彼女はハルの目を真っ直ぐ見るとスカートの裾を握りしめ、深々と頭を下げた。

「あのっ、友達を助けて下さい！」

震えて上ずった高い声が部屋中に響いた。

「早くっ、急がないと……モモちゃんが……」

顔を上げた彼女はパニックになりつつあった。恐らく自分の状況も上手く呑み込めていないのだろう。手の震えが強まり、スカートが皺くちゃになるほど握りしめ、次から次へと大粒の涙が零れ落ちる。

「寒いから早く中に入ってくれない？」

少女の耳にやけに冷たいササキの言葉が突き刺さった。その声は、少女をさらに震え上がらせるには十分だった。溢れていた涙がさっと引いて少女は体を縮こまらせた。

「そんなに怯えなくても大丈夫だよ。寒かったでしょう、一緒にお茶飲もう」

静乃が落ち着かせるように手を握った途端、少女はしゃくりあげながら流れる涙を袖で拭った。

「あり、がと……」

ハルがぐっしょりと濡れた袖を引いて炬燵に先導するとその隣にちょこんと座り、静乃が淹れた茶をちびちびと啜りはじめた。それらの一連の行動を倉下は表情一つ変えずやり過ごし、何食わぬ顔でみかんを頬張っていた。

「名前は」

「と、東島《とうじま》です。東島冬紀《ふゆき》です」

冬紀と名乗る少女の前には、いかにも人相の悪いササキが鎮座している。目が合うだけで怖いのだろう。視線を下に落とし、肩を震わせ怯えている冬紀を守るように、ハルは冬紀の肩を抱きしめた。

「ちょっと所長。ふゆきちを虐《いじ》めないで！」

「ふ、ふゆきち……」

突然渾名をつけられ肩を抱かれた冬紀は困惑気味にハルを見た。

「アタシはハル。ふゆきちと反対の名前だねっ、よろしく！」

「う、うん。よろしく……ハルちゃん」

ほぼ同年代のハルに冬紀はすぐに警戒心を解いたようだった。

「それで冬紀とやら。友人を助けてほしいとはどういうことだ？」

茶を啜っていたオオヤが冬紀に問いかけた。初めて見る大きなイキモノに驚きつつも、冬紀は恐る恐る揺らめく影に手を伸ばした。

「ほら、やっぱり気になって触っちゃうよね」

あの時はハル達に大層驚かれたが、やはりオオヤを初めて見た者は皆触りたくなるのだろう。静乃はいつかの自分と同じ行動を取った冬紀に意見を求める。

するとと彼女は照れたように笑い、こくりと頷いた。

「あの、私……虐められてて。その、毎日ツイッターとかで悪口書かれて、無視されて……辛くて、苦しくて、それで――」

「自殺した？」

ササキの問いかけに、冬紀は悔しそうに頷いてスマートフォンを見せた。

そこには毎日のように書き込まれた、目も当てられない彼女への辛辣《しんらつ》な悪口が書かれていた。ブス、キモイなどはまだ生易《なまやさ》しいもので、根も葉もない噂や、中には存在の消失を願うものまであった。

「こいつら暇なの」

「虐めも陰湿になってきたもんだね」

ササキだけでなく、横からスマホを覗き込んだ倉下も、思わず声を漏らして眉を顰めた。ネットが普及し、虐めの手法も悪質で陰湿なものになってきたようだ。

「これは酷いのぉ……」

「最っ低」

「そんな私を助けてくれた親友がいて……もし、その子が次の標的になってたらと思うと心配で、様子を見に行きたいんです」

「そっか……それは大変だったね」

まるで自分のことのように悲しい表情を浮かべながらハルは冬紀の頭を撫でた。

「それにしても……死人が出てしまうほど学校は恐ろしい場所なのか」

ＳＮＳを眺めながらふとした疑問を口にしたオオヤに、ハルとササキが鋭い視線を向けた。

「あれはこの世の地獄だよ」

「……友達なんて所詮演技だよ。自分がピンチになったら誰も手を差し伸べてくれないんだ」

冬紀以上にまともな青春を送って来なかったのだろう。口々に溢れ出る愚痴。漂う真っ黒なオーラ。それはオオヤだけでなく冬紀も慄く程だった。

「……主らまともな学校生活を送ってこなかったのだな。変なことを聞いて申し訳なかった」

二人の雰囲気に圧倒されたオオヤが失言だったと珍しく頭を下げた。

「あの、ずっと気になってたんだけど……聞いてもいい？」

「……どうしたのシズちゃん」

暗く重くなる空気。どうにか話題を変えようと静乃が恐る恐る手を挙げて、ハルと冬紀を真っすぐ見つめた。

「二人とも首に同じ縄が巻いてあるのはなんで？」

彼女達の首に巻きついている、床を引きずるほど長く、重そうな太い縄。ハルと初めて会った時からずっと聞けなかった疑問だった。

「ああ……これね。これは首を吊って死んだ幽霊には皆ついてるよ。切っても焼いても、絶対取れないいんだ」

「そ、うなんだ……」

気にした様子もなく、縄をゆらゆらと蛇のように揺らしながらハルは平然と答えた。つまりハルも冬紀と同じように何らかの理由で自殺の道を選んだのだろう。

静乃は一瞬、申し訳ないことを聞いてしまったと謝ろうとしたが、吹っ切れた様子で今を楽しんでいるハルに謝罪することは逆に失礼だと思い直し、やめた。

「所長。ふゆきちのこと、アタシに任せてもらえないかな」

ハルは冬紀の両肩に手を置いて、珍しく真剣な眼差しでササキを見つめた。

ササキはハルと隣にいる冬紀に交互に視線を移し、考え込んだ。

「大丈夫なの？」

「大丈夫だよ」

「絶対？」

「ぜっ、たい」

ササキが心配するようにハルを見ると、彼女は前のめりになって目を輝かせながら真剣に頷いた。

その真摯《しんし》な瞳に、ササキは酷く面倒臭そうに溜息をついて静乃を見た。

「……静、ハルについてって。それなら行っていいよ」

ササキがそういった瞬間に、ハルは物凄い勢いで静乃に熱い視線を注いだ。そもそも断るつもりはなかったけれど、あんな瞳で見つめられたら尚更断れない。

「も、もちろん。喜んでお供させて……頂きます」

「やった！　ありがとう、所長！　よろしくね、シズちゃん！」

静乃が頷いた瞬間、ハルは万歳と両手を上げて、嬉々として抱きついてきた。

犬のように尻尾を振って喜びを露わにしているハルとは裏腹に、ササキはまだ腑《ふ》に落ちないように頬杖をついて二人を眺めていた。

「ははっ、もしもの時は僕に任せてよ」

薄ら笑いを浮かべながら言葉を発した倉下をササキはぎろりと睨んだ。しかし彼はひるむことなく微笑み返し、静乃の肩を叩いて耳元に口を寄せた。

「静乃ちゃん。あんまりコイツらに入れこまない方がいいよぉ」

「え……」

先日路地裏で悪霊と対峙した時のような、酷く冷たい、人を小馬鹿にした声だった。

「倉下。静に余計なこと吹き込むな」

「親切に教えてあげただけなのに……酷いなぁササキくんは。静乃ちゃんお茶ごちそうさま」

湯飲みに残った茶を一気に飲み干すと、倉下は席を立った。

「え、もう帰っちゃうんですか？」

「元々お金渡しに来ただけだしねぇ。それにササキくんも早く帰って欲しいみたいだし……またゆっくり遊びに来るよ」

「お前は面倒事しか持ってこないからもう来なくていいよ。さっさと帰れって」

ササキにあからさまに邪険《じゃけん》に扱われようとも、倉下は平然とひらひらと手を振って相談所を出ていった。

「静、あいつの言葉を真に受けるなよ」

ササキは腹立たしげにみかんを一房口の中に放り込む。静乃は黙って頷くことしかできなかった。

「アタシ、リンちゃんキライ」

倉下が出ていった瞬間、ハルはふてくされたように膝を抱き、ぽつりといった。

「どういうこと？」

「リンちゃんがアタシ達を見る目凄く怖いんだもん」

倉下が現れると凍りつく空気。そして彼が幽霊を見る視線、態度。思い当たる節《ふし》は幾つもあった。

しかし何故倉下は幽霊をこんなに嫌うのか、そして何故あのようなバケモノを消し去る力があるのか。答えを求めるように、静乃はササキとオオヤに視線を送った。

「倉下は祓《はら》い屋だから」

「……はらい、や？」

「霊を祓う、といえば聞こえはいいが……無理やり消されれば儂らはあの世に行くことも叶わずただ死ぬのみ。倉下凜太郎という男は――儂らの天敵だよ」

オオヤが憎しみを込めた鋭い目つきで呟き、大きな手を握り締めると、ぎりりと彼の長い爪が炬燵の天板に傷をつけた。炬燵の中で膝を抱え、悩ましげに息をついたハルの横では、冬紀が心配そうに皆を見ていた。

幽霊達と衣食住を共にする人嫌いなササキ。

幽霊達への嫌悪感を隠すことなく、冷たい笑みを浮かべる祓い屋の倉下。

正反対の二人がどうして友人になったのか。一つ謎が解決すると、また新たな疑問が静乃の中に芽生えていった。

＊

「ここが私が通ってた高校です」

「ホントに来ちゃったけど、ちゃんと入れるのかな」

「大丈夫だよ。打ち合わせ通りオオヤさんを信じよう！」

目の前にそびえるのは金持ちが通う私立高らしくどっしりとした門構え。この付近ではそこそこ偏差値の高い進学校として有名な『清稜《せいりょう》学園高等学校』にやってきてしまった。

ハル、冬紀と共に高校の正門前に立つ静乃は、初出勤以来となるスーツに身を包んで気が滅入ったように大きな溜息をついた。

冬紀の相談は〝自分を助けてくれた親友が虐められていないか様子を見る〟こと。その要望を叶えるには学校に直接乗り込むのが手っ取り早い方法だった。

しかしこんな所に本当に部外者が侵入できるのだろうか。静乃はインターホンの前で、再び大きく溜息をついたのであった。

――遡《さかのぼ》ること約一時間前。アヤカシ相談所内。

「そもそも、三人で行くっていっても普通の人に見えるのは私だけですよね？　部外者の私がどうやって学校に潜入するんですか」

セキュリティが厳しい昨今の学校に、部外者の静乃をどう潜入させるかという作戦会議が行われていた。

「一番簡単な方法は、やっぱり卒業生設定ですかね」

「調べられたら一発アウトだね」

「……じゃあ、その学校に転入希望ってことで潜り込めば？」

「それじゃあ自由に動き回れないだろうし、静の年齢的にきついでしょ」

「……し、失礼な」

生徒の保護者、業者、教師、などなど次々と挙げられる設定の提案を、ササキはことごとく否定し続けた。しかし当の本人は案の一つも出さず、眠そうに目を細めている。

「……じゃあ所長も何かいい案考えてくださいよ」

「ええ、面倒だな。正面から普通に入ればいいだろ……」

「……聞いた私が馬鹿でした」

だからその正面から入る理由を今考えているのだと、やる気のないササキを睨みつける静乃。ササキは大きな欠伸を一つ零した。

全く他人事だと思って呑気な奴め、と静乃は青筋を立てて拳を震わせた。

「……ふぅむ。それならば、記者というのはどうだろうか。生徒に話を聞きやすいし、許可が下りれば校内を自由に歩ける」

オオヤの提案に、ハルと冬紀は妙案だと手を叩いた。

確かに取材となれば校舎の中を自由に歩き回れ、生徒に話を聞いて回っても怪しまれることはないだろう。しかし、静乃はすぐに首を縦に振ることはできなかった。

「いい案だと思いますけど、これから行くんですよね？　学校側の許可とか……そんなすぐに取れますかね？」

素朴な疑問を口にする静乃を安心させるように、その肩にどっしりとした大きな手が乗せられた。

「そこは任せておけ。儂がきっちりしっかり段取りを整えてやろう。おシズは取材に来たと学校側に伝えるだけでよいぞ」

的確にフォローしてくれる我らが副所長に、静乃とハルは感激して飛びついた。まともな提案一つせず、気怠げに炬燵に身を埋《うず》めている所長に爪の垢《あか》を煎《せん》じて飲ませてやりたいものだ。

「さすがオオヤさん！　そういう所大好き！　おっとこまえ！」

「ありがとうございますオオヤさん。今度お礼に美味しいお酒買ってきますね」

「くくく、褒めても何もでんぞぉ」

二人の女子に抱きつかれ、オオヤも鼻の下を伸ばして照れ臭そうに頭を掻いた。

「記者になるのはいいけど、その格好で行くの？」

ササキは今にもくっつきそうな目を精一杯開けて静乃の服装を見た。所長直々にスーツ勤務禁止の沙汰が出されたため、当然静乃は私服で来ている。自分の格好を改めて鏡で見なくても、これでは記者といっても疑われること間違いなしだ。

「じゃあ……一回家でスーツに着替えてから――」

「あるよ、スーツ。物置の中に」

平然というササキに、静乃は目が点になった。本人が堅苦しいから二度と着てくるなといった代物が、なぜここに存在するのか。

「アタシが昔、お試しで買ったのがあるんだよね。アタシには少し大きかったから、多分シズちゃんならぴったりだと思うよ」

「あ……なるほど、そういうことか。それなら着替えてくるから、ちょっと待ってて下さい」

そうしてスーツに着替えた静乃は、ハルと冬紀と共に、元気に相談所を飛び出し現在に至ったわけである。

「大丈夫。オオヤさんならちゃんとやってくれてるはず……」

数度深呼吸を繰り返すと、静乃は覚悟を決めてインターホンを押した。

「はい」

インターホンの向こうから生真面目《きまじめ》そうな中年男性の声が聞こえた。いかにも静乃が苦手とするタイプだ。

思わず顔を歪めそうになったが、インターホンのカメラには自分の姿がばっちり映っている。うろたえる様《さま》を見られたら面倒なことになるので、静乃は必死に笑顔を作り、自分の顔が見えるように体を屈《かが》めた。

背後ではハルが姿が見えないことをいいことに好き放題遊んでいる。もし通話相手が霊の見える人だったらどうするつもりなのだろう。

「あの、突然申し訳ありません。私山上と申しまして取材の件で伺ったのですが――」

緊張した面持ちで、打ち合わせ通りの言葉を告げたが、本当にオオヤは学校側に話を通してくれているのだろうか。不安になりながら静乃は返答を待った。

「ああっ、お待ちしておりました！　少々お待ちください！」

静乃の予想に反して男は声を一変させた。媚《こび》を売るような猫撫で声は、これはこれで気味が悪い。

「気持ち悪い。教頭があんな声出すんだ……」

教員のことをよく知っている冬紀は不快そうに舌を出した。

暫く待っていると型崩れした古臭いスーツに身を包んだ、バーコード頭の細身の男がへこへこと頭を下げながらやって来て扉を開けた。

「突然お手をわずらわせて申し訳ありません……私、記者の山上と申します」

「私、教頭の粂原《くめはら》と申します。この度は我が校の紹介記事を書いてくださるそうで誠にありがとうございます」

静乃より深い角度で教頭は頭を下げた。そういえば記者として取材をするとはいったものの、どういう取材内容かは聞いていなかった。

「我が校を、虐めを絶対許さない虐め撲滅校として取材して頂けること、大変光栄に思っております！」

「は、はぁ……」

嬉々として作り笑いを浮かべる教頭に、静乃は思わず笑みを引きつらせた。

「嘘つき」

目の前に虐めを苦に自殺した生徒がいるというのに、オオヤはなんとも皮肉な理由をでっち上げたものである。

「さぁ、校内を案内致しますのでどうぞこちらへ」

教頭の白々しい笑いに皆が眉を顰めつつも、いとも容易《たやす》く校内に足を踏み入れることに成功したのであった。

*

「我が校は文武両道を目指しておりまして、難関大学合格だけでなく各運動部の全国大会出場も――」

学校に潜入した静乃達を、本当の地獄が待っていた。

教頭の粂原に連れられ学校案内が始まったのはいいのだが、続くや続く、自慢話が延々と続く。どこまで続くのかと思ってしまうほど教頭の話は止まらない。

最初は笑って聞いていた静乃の顔からとうとう笑みが消えた。

「……教頭の話は校長より長いんだよ」

「うっわ、最悪」

ハルの耳元で囁かれた冬紀の言葉に、静乃も同じ言葉を心の中で吐き捨てた。

背後の二人は幾らでも嫌な顔ができるが、静乃は一瞬たりとも表情を崩すことができず、徐々に苛立ち始めていた。

「お話をお聞きする限りとても素敵な校風ですが……この学校には本当に虐めはないのですか？」

「――い、虐めなんかありませんよ。生徒同士仲の良い平穏な学校です。だから、この学校を取材しにきて頂けたのでしょう？」

「それもそうですね」

あれだけ饒舌《じょうぜつ》に話していた教頭が口を濁《にご》し、表情を凍りつかせた。嗚呼、これは答えを聞かずとも分かる。

「……それにしては、先ほどから覗くクラスは必ず誰かしら休んでいるようですが」

さらに静乃は追撃を仕掛けながら、通りかかった教室に視線を移した。

この校舎の教室は廊下側にも窓があり、クラスの様子が筒抜けなのだ。先程から通りかかるクラスには必ず空席があった。

教室は明るい空気が流れているように見えて、所々どす黒く淀《よど》んでいた。

教師は気づかない。いや、気づいてはいるが見て見ぬ振りをしているのだ。

クラスの中の一部が明るく、一部が極端に暗い。教師は明るく元気な生徒だけをチヤホヤする。皆で盛り上がろうといっても盛り上がるのは一部のみ。

そんな異常な雰囲気がほとんどのクラスから感じ取れた。

「……近頃急激に寒くなってきましたから、風邪が流行っているのでしょう。それでは私は職員室におりますので、何かあればなんなりとお申し付けください」

教頭は言葉を濁しながら暑くもないというのに額に滲《にじ》む汗をハンカチで拭い、肩を丸め逃げるようにそそくさと立ち去った。

「完ッ全に黒だね。なにあれ」

「あのハゲ。虐めが分かってたのに見逃したわけ？」

「……ここの先生は皆見て見ぬ振りだよ。自分の責任になるのが怖いんだ」

静乃は去っていく教頭の背中に冷ややかな視線を向けた。

「それにしても今授業中だから、ふゆきちの友達に話聞きにいけないよねぇ」

「この授業が終わればお昼休みだから、近くの空き教室で時間潰してようよ」

「ほら、シズちゃん行くよー」

ハルに呼ばれた静乃は教頭の背中から視線を外し、いつの間にか大分先に進んでしまった幽霊二人の後を急いで追いかけた。

*

「おやおや、こんな所に見ない顔だねぇ」

学校には数多くの幽霊が存在していた。珍しいからか沢山の霊がぞろぞろと空き教室に入ってきた。

「お邪魔してます、アヤカシ相談所の者です！」

現れた女性の霊にハルが元気に挨拶すると、霊達は顔を見合わせて目を瞬かせた。

「――の所の幽霊かい。初めまして、噂はよく聞いているよ。幽霊達に囲まれて暮らす物好きな人間がいるって」

「話では男と聞いていたけど、こんな女性だったとは」

聞き覚えのある耳障りな音に一瞬静乃は眉を顰めた。こんな場所でもオオヤの名やササキの存在は知られているようで、彼女達は興味深そうに静乃を見つめた。

「……多分、その噂の人はウチの所長ですね。私はアヤカシ相談所でアルバイト中の山上静乃といいます」

「その相談所の人達がこんな所になにしに――」

不思議そうに首を傾げた幽霊達が冬紀を目にした途端固まった。

自分が通っていた学校にこんなに幽霊がいたのかと、冬紀が驚きと好奇心の混ざった表情で様子を窺っていると、幽霊達が一斉に彼女を取り囲んだ。

「ちょ、ちょっと待って！」

「彼女も皆さんの仲間です！」

幽霊達が冬紀を襲おうとしていると思ったハルと静乃が慌てて間に割って入る。

「アンタ、虐められてた子だね」

「姿が見えないと思ったら死んでしまったのかい」

「助けてあげられなくてごめんね」

「僕らが助けたら、気味悪がられて余計に虐められてしまうと思って助けられなかったんだ。本当にごめん」

二人の心配をよそに、幽霊達は涙を流しながら頭を下げた。これには冬紀が一番驚いていた。虐めを受けていた冬紀を彼らは心配して見守っていたのだ。

「いえ……あの、その……心配してくださって、ありがとうございます」

謝罪を受けた冬紀は驚きながらも、嬉しそうに両手を振って霊達に笑いかけた。

「アイツは全く酷い奴だ。八つ裂きにしてやりたいくらい」

「猫を被って……可哀想で可愛い仲間よ。貴女の仇《かたき》は必ず我らが討ってやろう」

「あの、アイツっていうのは……――」

静乃が質問した時、まだ授業中だというのに扉が開き誰かが入ってきた。その人物を見て冬紀は再び目を瞬かせた。

「え、あ……」

教室に入ってきたのは、前髪にピンクの髪留めをつけた長髪の大人しそうな女子生徒だった。静乃と目が合うと、眼鏡の奥の瞳が揺れ始めた。

こんな幽霊だらけの教室に入ってきたら、たとえ常人でも何かしらの違和感があるのだろう。彼女は教室に入ることを躊躇《ためら》うように、扉の前で踏みとどまっていた。

「こんにちは。えっと、私は怪しい者じゃなくて……今この学校の取材をさせてもらっている山上といいます。よかったら話聞かせてもらってもいいかな?」

「……あ、あっ、はい。えっと……花山《はなやま》といいます」

花山と名乗った女子生徒は礼儀正しく頭を下げ、恐る恐る教室に入り、そっと扉を閉めた。自分の存在を少しでも薄くするためか、目一杯背中を縮こまらせながら静乃の方にゆっくりと近づいてくる。

「この子……」

「ふゆきちのお友達？」

「ううん……別のクラスだったから名前も分からない。でも、前あの子が廊下でボロボロになって転んでいた時があって、一度だけ助けたことがあるの。あの髪留めまだ付けてくれてたんだ……」

「もしかしてふゆきちの前に虐められていた子？」

冬紀はゆっくりと頷いた。

虐めというものは代わる代わるターゲットが移っていくものだ。冬紀が死んだ今また虐めの矛先《ほこさき》は彼女に向いてしまったのだろう。

「あの子は今も虐められているよ。心の綺麗な子なのに可哀想に……」

「授業中いつもこうしてこの教室に逃げてくる」

「教師達も見て見ぬ振りをして……全く情けない」

背後からハルと冬紀そして幽霊達の会話が煩いほど静乃の耳に入ってくる。あんなに大声で話しているのに花山に聞こえていないのが不思議だ。

「あの……聞きたいことってなんですか」

花山は静乃の背後にある時計をちらちらと確認しつつ、か細い声で呟いた。

「この学校に虐めがないって話は本当？」

単刀直入に核心をつくと、花山は息を呑んだ。不安げに右手首を掴んでいた手が震え始める。

「この学校には虐めがないって教頭先生から聞いたけど……それは本当なの？」

もう一度ゆっくりと問いかけたが、彼女は徐々に視線を下ろし気まずそうに俯いた。

背後から聞こえる幽霊達の会話からすると、彼女が現在虐めの標的にされているのは間違いなさそうだ。

花山の唇は閉ざされたままだが、迷うように小刻みに震えていた。

答えを急かしてはいけない。静乃は彼女が話す気になるまで待ち続けた。

「――嘘です」

長い沈黙の後、震える小さな声が返ってきた。

「虐めがないなんて嘘です。先生達が知らない……ううん、知らない振りをしてるだけ。裏サイトもあるし、ＳＮＳだってあるから二十四時間陰口を叩かれて、スマホを見るのが怖くなって眠れなくなりました。虐められてるから助けてって叫んでも誰も私なんて見えていないみたいに無視するんです。皆……怖いんですよ。だからへらへら笑って、次の標的にならないように取り繕ってるだけ……だから、とうとうそれに耐えられない子がでてしまって……」

「首を吊って自殺した子のこと？」

「え、あの……なんで……」

息継ぎもせず、呼吸を乱しながら途切れずに言葉を紡いでいた花山は酷くたじろぎ、目を泳がせた。

「記者は鼻がいいの。そういう噂を聞いて取材に来たんだよ。だから、ゆっくり落ち着いてお話し聞かせてくれるかな？」

彼女を落ち着かせるように荒く上下する肩に手を当てる静乃はすっかり記者になりきっていた。

「うわぁ……シズちゃん演技派」

「彼女は記者ではないだろう。根性はありそうだが、記事を書けそうなほど学があるようには見えんしな」

背後から無自覚な言葉のナイフが飛んできて静乃の背中に突き刺さる。お願いだから少し黙っていてほしい。確かに慣れないことをして少し調子に乗ってしまったと、静乃は一つ咳ばらいをして言葉を続けた。

「亡くなった子とは友達だったの？」

「……東島さんとは同学年だけどクラスは別でした。ついこの間まで名前も知りませんでした」

そこで花山は言葉を切って俯いた。

「――彼女は、騙《だま》されていたんです」

そして悔しそうにぽつりと零した言葉を、静乃は聞き逃さなかった。

「もしかして、虐めを主導してる子知ってたりする？」

その問いに花山は口をつぐんだ。怯えて青白くなるほど手首を握りしめ、肩を震わせた。

内部告発。俗にいう〝チクった〟ことがばれれば、彼女への攻撃はさらに酷くなってしまうだろう。

腹の奥底から怒りがふつふつとこみ上げてきて、静乃は花山を真っ直ぐ見つめた。

「大丈夫。貴女から聞いたってことは絶対に漏らさない。約束する」

「……本当に？」

誓いを込めるようにゆっくりと頷いたが、それでも花山は迷うように静乃の目から視線を逸らした。怯える花山をこれ以上追及するのは酷だろうと、冬紀が静乃の前に立ち塞がった。

「静乃さん、虐めてる犯人なら私が知ってるからそれ以上は……」

「神尾桃《かみおもも》……神尾桃という生徒が、虐めのリーダーです」

重なった声に冬紀は目を見開いて言葉を失った。

「そうだ。その女だ」

「偉そうな女。男の前では気取りおって」

幽霊達が騒ぎ始める。

「うそっ！　そんなの嘘だよっ！　モモちゃんはそんなことしないもん！　だって、だって……モモちゃんは、私を助けてくれたんだもん！」

「ふゆきち落ち着いて！」

信じられないと半狂乱になって冬紀は花山の腕に縋《すが》りついた。しかしその声は花山に届くことはない。だが触れられている右肩に違和感があるのだろうか、花山は肩を押さえた。

「でも……神尾さんのお父さんは偉い政治家で、記事を書いてもきっと揉み消されてしまうと思います」

まるで冬紀の混乱が彼女に乗り移ってしまったように花山の顔がみるみる青ざめていく。ようやく正常に戻った呼吸が再び乱れ始め、口調が段々速まる。

「そうです。書いたところで無駄です。こんなことで虐めがなくなるはずありませんよ。私が話したってバレたら今より酷い目に遭っちゃう……記者さん。お願いですからどうか余計なことはしないでください。事を荒立てないでください」

「ちょっと落ち着いて……」

「いいんです。見なかった振りをして、放っておいてください。私一人が我慢すればもう……もう、誰も傷つかずに済みますから」

花山は無意識に髪留めに触れた。一人で勝手に答えを出してしまった目は全てを諦めたように虚ろになっていた。

その瞬間昼休みを告げるチャイムが鳴り花山は肩を震わせた。そしてポケットの中のスマートフォンを確認した途端怯え、手が震え始めた。

「……も、もう行かなきゃ。どうかさっきの話は忘れてください」

「花山さ……」

何度も頭を下げて静乃の制止も聞かず花山はふらふらと教室を出ていってしまった。

「きっとあの女に呼び出されているのだよ」

「……可哀想に。どうにかして助けてやりたいのだが、私達は見ていることしかできないからなぁ……我らがこんなにも無力だとはな」

幽霊達の言葉を聞きつつ、彼女の小さな背中を見て静乃は拳を強く握りしめた。

「うそ、うそだよ……モモちゃんがそんなことするわけないよ……友達だっていってくれたんだもん」

冬紀は花山が出て行ったことにも気づかず、現実を受け止められず、肩を抱いて震えていた。

冬紀に手を差し伸べたという神尾は、一方でこの虐めのリーダーだという。どちらが正しいのか薄々分かっていたが、静乃は冬紀のいっているとおりであって欲しいと願っていた。

複雑な感情を抱きながら静乃はゆっくりと屈んだ。泣いている冬紀の肩を掴み、震える瞳と目を合わせる。

「冬紀ちゃん。直接見てみないと何が真実か分からない。ちゃんとその桃ちゃんって人に会って確かめよう」

「大丈夫。アタシも、皆もついてるよ！」

「そうだそうだ。私達は冬紀の味方じゃ」

ハルをはじめ周りの幽霊達も冬紀を元気づけるように声をかけた。

そうだ。自分は今は独りではない。こんなに心配してくれる人が周りにいる。きっと、きっと大丈夫。冬紀は涙を拭い強く頷いた。

「……うん。案内するよ」

＊

その頃ササキとオオヤは相談所にて、炬燵の中で茶を啜りながら呑気にみかんを食べていた。

いつも賑やかなハルがいないためか室内はしんと静まり返っている。

のんびりと穏やかな時間が流れていくものの、やはりあの騒がしい声が聞こえないのは調子が狂った。

「のぉ……ササキ」

「……なに」

その沈黙を破ったオオヤにササキは気怠げに視線を向けた。

「本当にハルを行かせてよかったのか？」

「……同じ境遇の霊はやっぱり放っておけないんじゃないの」

「それは分かっておる。しかし冬紀を虐めていた者に会ったら憎しみが勝ってしまうのではないか？　そうなるとハルは――」

「……悪霊になるね」

いつも明るく気丈に振る舞うハルが、一度だけ自分の過去を語ったことがあった。

〝えっとね。アタシ虐められてて。辛くて、自分で首を吊って死んだの。あ、でもでも。今の方が全然楽しいから幽霊になって第二の人生謳歌《おうか》してるよ。幽霊サイコー……なぁんてね〟

極めて明るく世間話をするように、なんでもないことだと、開き直って彼女は笑っていた。幽霊の方が楽しいということは、つまり生前はとても苦しい日々を送っていたのだろう。だから自ら死を選んだのだ。

現在でも虐めを苦にした自殺の報道が時折ある。それを見る彼女はどこか遠い目をしていた。被害者には同情の眼差しを送り、加害者には侮蔑とこれ以上ない憎しみを込めた目を向けた。恐らくハルは今でも自分を虐めた人間を、虐めている人間を許してないだろう。

幽霊というのは不安や悲しみ、怒りや憎しみといった負の感情に支配されやすいとても不安定な存在だ。もしハルが冬紀を虐めていた加害者に会い、負の感情に支配されてしまったら――彼女は悪霊に堕《お》ちてしまう。

「そうなったら僕の出番だよね」

背後から先程帰ったはずの声が聞こえて、ササキは後ろを振り返った。そこには扉に凭れかかり呑気に手を振っている倉下がいた。

「――倉下。帰ったんじゃなかったの」

「帰ろうと思ったんだけど、気になっちゃってさ。戻ってきちゃった」

何事もなかったように、倉下は笑みを浮かべてササキの向かい側に座った。相変わらずその瞳にオオヤを映すことはなく、唯真っ直ぐにササキに視線を送る。

「何かあった時のために、傍にいた方がいいかなぁと思ってさ。ほら、もしあの子が悪霊になっちゃったらササキくんの手には負えないでしょ？」

倉下の言葉にササキ達は返す言葉がなかった。

ササキも、そしてオオヤも、悪霊に堕ちた霊を救う術《すべ》は持ち合わせていない。悪霊を祓い、救うことができるのは倉下達祓い屋のみなのだ。

「お前の出番はないよ」

「どうして？」

「静がいるから」

迷いなく淡々と答えたササキに、倉下は僅かに眉を動かした。オオヤも面食らったように、手にしていたみかんをぽろりと落とす。

「……お主が人間を信頼するなんて珍しいこともあるのだな」

「霊に関する知識はないし、へっぽこだけど意外と度胸あるから。それに、何かあるから静はここに来たんだろ？　なぁ、倉下」

「あれバレてた？」

「何年付き合ってると思ってんの」

おどけたように肩を竦める倉下を、ササキは真っ直ぐに見据えた。

「何企んでるわけ」

ササキは倉下が山上静乃という人間を入社させるようにここに来させた時点から怪しんでいた。

彼がこの場所に住み始め、オオヤとハルと共に相談所を開いて十年以上経つが、倉下が仕事以外でここに顔を出すことは滅多になかった。

それが山下静乃という女が現れた途端、まるで品定めをするように頻繁に相談所を訪れるようになった。感情を読ませないように、始終気味悪い笑みを浮かべているこの男が何かを企んでいることは明らかだった。

「……まだ目の前で見たわけじゃないけど、静乃ちゃんは祓い屋向きの力を持ってる。それを確かめるためにここに連れて来たんだ」

「この間助けに来るのが遅かったのもそのせいか」

「ご名答」

倉下は悪びれる素ぶりもなく口元に弧を描いた。その顔を見てササキは呆れたように溜息をついた。

「お前が期待するようなことは起きないよ。ハルに何かあったとしても、静はハルを絶対に見捨てない。静一人じゃ無理だとしても、周りのヤツが必ず静を助けるだろうよ」

淡々と話すササキの目には相変わらず光は宿ってないものの、その言葉には迷いがなかった。

「随分な自信だね」

「これでも上司だし。この数か月、お前よりは色々と見てたから」

ササキの言葉に倉下は目を丸くした。電池が切れたように動きを止め、次の瞬間腹を抱え手を叩きながら笑い始めた。

「ふっ、あははっ！　あの誰も寄せ付けなかったササキくんの口からそんな言葉が出るなんて！」

ばつが悪そうに視線を逸らしたササキの隙をついて、身を乗り出した倉下は覆い隠している彼の首元が見えるほど胸ぐらを掴みあげた。

「ねぇ……何度も死にかけると人ってそんなに変わるもんなの？」

倉下は笑みを消し真顔になると冷たい瞳でササキを見下ろした。忌々《いまいま》しそうに倉下を睨み上げるササキの首元には、縄の痕のような赤黒い痣《あざ》がくっきりと浮かんでいた。

「貴様！」

オオヤはササキを守るべく、蠢く影の先端をナイフのように鋭く尖らせ、倉下の首筋に突き付けた。

倉下は顔色一つ変えずササキを見下ろしている。

「やめろオオヤ」

オオヤは仕方なく影を倉下から離した。ササキは服を掴んでいる倉下の手を振り払おうとしたが、倉下の手は離れなかった。

「この間もアレに食われるつもりだったんでしょ。僕はササキくんをこんな奴らの仲間には絶対しないから」

「それは聞き捨てならぬな。そう簡単に死なせはせぬぞ、ササキ」

「なんでこういうところは気があうのさ……お節介ども」

ササキは嫌そうに溜息をつきながら手を振り払い、襟元を直した。そしてそれ以上追及するなといわんばかりに、籠《かご》の中に入っていた最後のみかんを倉下に投げつける。

みかんを受け止めた倉下は、呆れたように笑って溜息をついた。

「それならササキくん。僕と賭けをしようよ」

「は？」

「あの子が悪霊にならなかったら君の勝ち。僕は大人しく帰って、次来るときにササキくんの好きな甘いものたらふく買ってきてあげる」

「……お前が勝ったら？」

「静乃ちゃんを僕にちょうだい？　ついでにササキくんもバカな真似はやめてよね」

倉下の思わぬ提案にササキとオオヤは目を丸くした。しかし彼はどうやら本気のようで、口元は弧を描いているものの瞳は真剣だった。

「つーか、俺の報酬とお前の報酬、釣り合わなくないか？」

「あはは、気づいちゃった？」

呆れたようにそっぽを向くササキを他所に、倉下はとうとう自分で茶を淹れ始めた。どうやら静乃達が帰ってくるまで居座り続けるつもりらしい。

「どうせ俺が勝つんだから、さっさと帰ってよ」

「そんなのまだ分からないじゃないか。それに霊が溢れ返ってることを除けば、意外とここは居心地好いからね。ねえ、お菓子ないの？　ササキくん買ってきてよ」

「寒いからヤダ。リンが行けばいい。ついでに煙草も買って来て。どうせ俺が勝つんだから」

「嫌だね。だって寒いもん」

「……ふぅむ。お主らは仲が良いのか悪いのかよく分からんのぉ。本当に人間というのは不思議な生き物だ」

数瞬前の険悪ムードから一転、冗談を交わす人間達を、オオヤは不思議そうに見つめた。

こうして男達は茶を啜り、時折悪態を吐き合いながら、女性陣の帰りを待ち続けたのだった。

＊

「あ、いた！　あれがモモちゃんだよ」

静乃は冬紀の案内で、彼女の親友であり、花山曰く虐めのリーダーらしい神尾桃がいる二年A組にやってきた。

昼休みで賑わう教室を廊下から覗き込む。皆が友人達と和気藹々と昼食をとる中、窓際一番奥の席を冬紀は指差した。

そこにはショートボブの可愛らしい女の子が派手めな女子生徒達に囲まれていた。俯いているように見える神尾桃らしき人物を見て冬紀は目を丸くした。

「アイツら……今度はモモちゃんを……。やっぱりモモちゃんが、犯人なんて嘘だったんだよ！」

やはり自分は間違っていなかった。自分を助けてくれた彼女が自分を裏切っているはずがなかったのだ。

神尾を囲んでいるのはかつて自分を虐めていた生徒ばかり。彼女が裏切ってなくて良かったと思う反面、今も同じことをやっているのかと冬紀は拳を握りしめた。

「……じゃあ、あの花山って女の子は嘘ついてたのかな」

ハルが静乃の耳元にぽそりと呟いたとき、一人の生徒が両腕に何かを抱えて通り過ぎていった。見覚えがあるピンクの髪留め。ササキに似た丸い背中。花山は静乃に気づくと僅かに目を見張った。

「花山さん」

静乃の声には返答せず、軽く一礼するとそのまま教室の中に入って行った。

「花ちゃんおそぉい！」

「ごめんなさい。チャイムが鳴ってすぐ買いに行ったんですけど、購買が混んでて」

神尾を囲んでいた女子生徒達が口々に不満を零す。花山は何度も頭を下げながら神尾が座る机の上に両腕に抱えていた大量のパンを置いた。

「あの、お金は……」

「はぁ？　アンタの奢りに決まってんでしょ」

「花ちゃん、ごちそぉさまぁ」

女子生徒達はさも当然のように、好き好きにパンを取って美味しそうに食べ始めた。

教室には彼女達の楽しそうな笑い声が響いている。他の生徒達は見て見ぬ振りをして、昼食をとっている。その中で一人花山は俯いて、悔しそうに手首を握りしめていた。

ああ、本当に、腹が立つ。

「アイツら、モモちゃんだけじゃなくて花山さんも」

「待ってふゆきち、もう少し様子を見よう」

二人を助けるべく教室に乗り込もうとした冬紀を止めたのはハルだった。冬紀は、未だ一言も話さず俯いている神尾を心配そうに見つめていた。

「まあまあ、可哀想だからやめてあげなよ」

花山の肩を組みながら笑う女子生徒達を手で制したのは神尾だった。

「花山さんお昼は？」

「……ありません」

「じゃあこれ食べなよ。お腹空いたでしょ？　そんなに痩《や》せちゃってかわいそーに」

神尾は優しく微笑んでメロンパンを掴むと、俯いている花山に差し出した。

やっぱり神尾が誰かを虐めるはずがなかった。いつか自分にしてくれたように、今はこうして花山に手を差し伸べているのだ。本当に神尾は優しいんだ。冬紀が感激しながら静乃達に熱弁していた時、皆が言葉を失った。

「――なぁんて、いうと思った？」

おずおずと花山が手を伸ばし袋を掴みかけた途端、神尾は真顔になってメロンパンから手を離した。彼女の手から離れたメロンパンは真っ直ぐに落ちていく。慌てて手を伸ばしたが間に合わず、メロンパンは軽い音とともに床に転がった。

「アンタが買ってきたこんなやっすいパン、モモが食べるわけないじゃん」

花山の足元に転がったメロンパンを神尾は思い切り踏みつけ、足の裏で床に執拗《しつよう》に擦り付けた。

「はい、どうぞ。お昼ご飯。食べていいよ」

「あははっ、モモちゃんやっさしぃ」

神尾が足を避けると、メロンパンの包装は破け、中身はぐちゃぐちゃに潰れていた。

この異常な行動を誰も批難せず、意図的にその方向を見ないように黙々と昼食をとっている。彼女達の楽しそうな声が教室中に響く中、冬紀もハルも、そして静乃さえ言葉を失い唖然としていた。

花山は潰れたメロンパンを見つめながら、そっと髪留めを外すと両手に握りしめた。

「一つ聞いてもいいですか」

「なぁに？」

「東島さんのこと、なんとも思ってないんですか」

思わぬ所で飛び出した自分の名前に、冬紀の体が強張った。

「冬紀ちゃん……」

花山に睨まれると、神尾は言葉を失ったように力なく俯き、取り巻き達も一瞬気まずそうに視線を逸らす。

「あの子……死んじゃったもんね」

悲しそうに呟く神尾は口元に手を当て、肩を小刻みに震わせ始めた。

自分の死を嘆いてくれているのだと、冬紀は最後まで彼女のことを信じていた。

「あはは っ、あの子はほんっと面白かったわぁ。最後までモモのこと親友なんて思っちゃってぇ。〝モモちゃんは私の味方なんだね！〟って。ははっ、ウザいっつーの。つーか超キモいわ」

肩を震わせていたのは泣いていたわけではなく、笑いを堪えていただけだったのだ。

顔を上げた神尾は腹を抱えて大声で笑い始めた。

「あんの地味な子とモモちゃんが友達になるわけないじゃんねー」

取り巻き達も、神尾の笑い声に釣られるように次々と笑い始めた。神尾は冬紀が死んだことなんて気にしていなかった。それどころかまるで面白いテレビ番組でも見た時のように、とてもとても楽しそうに手を叩いて笑い続けていた。

「……モモちゃん。嘘、でしょ。うそだよね……」

心を根元から折られてしまった冬紀は、大粒の涙を流し、がくりと床に崩れ落ちた。

「友達だって……友達だっていってくれたのに」

「……だからいっただろう。あの女は悪魔だと」

「可哀想に。こんな純粋な子を弄《もてあそ》びおって」

一緒に様子を窺っていた霊達が慰めるように冬紀の肩にそっと触れた。

「信じてたのに。信じてたのにぃ……」

髪を振り乱し、顔をぐちゃぐちゃにかきむしって冬紀は喉が潰れそうなほど泣き叫んだ。

嬉しかったのだ。信じていたのだ。一人きりだった自分に、声をかけて、手を差し伸べてくれて、友達だと笑ってくれた神尾のことを冬紀は信じたかったのだ。

でも心の奥底では、彼女が自分のことを好いていないのは分かっていた。分かっていたが、彼女を信じることだけが、自分を保つ唯一の心の支えだったのだ。

「――ふゆきち、泣かないで」

泣き崩れる冬紀にハルが優しく声をかけた。

冬紀が涙でぐしゃぐしゃになった顔をゆっくり上げると、目の前のハルから優しく微笑まれた。

「許せないよね。苦しいよね。アタシはさ……ああいうヤツがいっちばん許せないんだ。だから……ふゆきちの代わりにやり返してあげる」

ハルの瞳には殺意と怒りの炎が灯っていた。

いつもと違う彼女を心配そうに見ている静乃。目が合うと、ハルは申し訳なさそうに笑みを浮かべた。

＊

頭の中に怒りが満ちていく。

泣き崩れる彼女と、教室にいる少女は昔の自分の姿と重なった。楽しい日常の奥底に埋もれていたけれど、ひと時たりとも忘れたことはない。永遠に終わらない冬のような、寒くて辛い、日々だった。

「ハルってさ、なんかウザくない？」

はじまりは陰口だった。

「なんでお前なんかがここにいるんだよ」

「気持ち悪い、話しかけんな」

陰口は次第に直接的な暴言に変わっていった。仲の良い友人達は流れ弾を恐れ離れていった。最初は隠れて優しくしてくれた人もいた。だけど次第にそれもなくなって、最後には話しかけても誰も答えてくれなくなった。

何が理由だったか分からない。分からないからこそ怖かった。

これ以上被害が大きくならないように、周囲の声に耳を傾け続けた。髪形が変だといわれれば、必死に変えた。汚いといわれれば、お風呂にいつも以上に長く入って頭の先から爪先まで、擦りすぎて皮膚が真っ赤になるくらい綺麗に洗った。

「なんでお前みたいなのが生きてるのか分かんなーい」

「死ねよ、邪魔だから。世界もその方が綺麗になるって」

ぞうきんを洗った冷たいバケツの水をかけられて。教科書や上靴を泥の池の中に捨てられて。お金だって盗まれた。

教師は見て見ぬ振りをしていた。心配を掛けたくなくて親にも相談できず、毎日学校に通い続け、気配を殺すように教室の隅で息を潜めてじっとしていた。助けてくれる人は誰もいなかった。

そうしているうちに分かったのだ。これはアタシ自身に問題があるわけではないのだ、と。

受験、バイト、恋愛で溜まった鬱憤《うっぷん》のはけ口として、アタシが選ばれてしまっただけなのだ、と。

「なんでアタシばっか……。死ね。皆、死ね」

ぶつぶつとつぶやきながら下を向いて歩くことが多くなった。

つい数か月前まであんなに楽しくて輝いていた世界が酷く淀んで見えた。

どれだけ呪っても、どれだけ憎んでも、自分の立ち位置も状況も決して変わることはなかった。そうしてとうとう背負っていた荷物の重さに耐えきれなくなって、押しつぶされた。起き上がろうとしても、もうダメだった。必死に耐えていた何かが壊れた音がした。

そうして気が付いたときにはアタシの首には縄が食い込んでいた。とても痛くて、苦しくて。なんで自分がこんなことをしているのか分からなくて。もがいても、もがいても、答えは分からないまま、アタシの意識は暗い暗い闇の中に沈んでいった。

もう一度目が覚めると、体は軽くなっていた。

その代わりに首に重い縄が巻きついていた。取ろうと思っても取れなかった。縄だけが重く、ずるずると私の後ろをついてくる。そこで気づいた。これは途中で生を投げ出した自分への罰なのだと。

「アイツ死んだんだって」

「私達のせいにならないよね」

アタシが死んだことが分かった途端虐めていた人達が怯え始めた。

そうやって怯えていればいい。アタシの苦しみを少しずつ味わえ。

「大丈夫だよ。もーつまんない。また新しいの見つければいいよ」

だけどリーダーの女だけは違った。楽しそうに笑っていた。そうして間もなく標的を変えた。人一人殺しておいて、のうのうと生きているコイツらが許せない。許せなくて許せなくて――頭の中を行き場のない怒りが支配していた。

＊

「なんでこんなヤツが生きて、アタシらが死ななきゃならなかったのかなぁ……」

頭に手を当てたハルは、まるで溜息をつくように忌々しそうに呟いた。

「……ハルちゃん？」

ハルが纏っていた空気が一変したのを感じた静乃は不安げに声をかけた。暖かな陽光のようだったハルの空気は、暗く凍えるどす黒い空気に変わっていた。

「ほんっと、腹たつ……」

両手で顔を覆うと髪留めが弾け飛ぶ。風も吹いていないのに長い髪が不気味に靡《なび》いた。指の隙間から覗くハルの瞳から光が消え、黒く禍々《まがまが》しい靄のようなものが足元から立ちのぼり、彼女を包み始めた。

「まずいぞ。その子悪霊になっちまう」

「悪霊……って」

「怒りや憎しみに呑まれたら、霊は悪霊になっちまうんだ。早く止めないと引き返せなくなるぞ！」

霊達の焦った声で、静乃は黒い靄に包まれたハルの手を掴んで引き止めた。

「教師も、お前ラもなんでのうのうと生きテ……笑ッて。なんで、アタシたチだけが罪を背負って生きてイカナキャいけないノ。悪いのはオマエラダ」

靡いていた髪が逆立ち、黒い靄のようなものが完全にハルを覆い隠さんとしていた。

必死にハルの腕を掴んでいた静乃を振り払い、ハルは教室の中へ足を進めた。

「ハルちゃん！　落ち着いて！」

「アタシがそいつを殺スの……人を傷つけて、のうのうと生きてる彼女がユルセない……！」

「ハルちゃんが彼女を殺してもなんの意味もない！　貴女が悪いところに落ちてしまうだけ！」

静乃はハルの前に回り込み、彼女を抑えるように抱きしめた。

ハルの目は静乃を見ておらず、明確な殺意を持って神尾桃ただ一人を見ている。静乃の声も既にハルの耳には届いていなかった。

「なんでアタシ達が苦しマなキャいけないノ。アタシ達はナニモしてないのに……ダレモ助ケてくれなかった！」

目から黒い涙を流しながら静乃の腕の中でハルはもがいていた。

人間の静乃では抑えきれないほどの禍々しい力がハルから溢れている。このままではハルは悪霊となり、あの神尾という女を殺すだろう。

そんなことはさせないと必死にハルを抑え続けたが、呆気なく振り払われ壁に吹き飛ばされた。壁に頭を強打し一瞬視界が歪んだ。

「ハルちゃん！」

「……ころシてやル」

静乃の叫びはハルの耳に届くことなく、彼女はゆらりゆらりと神尾の元へ行ってしまった。

「静乃さん！」

「ああ、もう。しっかりおし！」

痛む頭の中に、冬紀や幽霊達の混乱した声が聞こえる。

歪む視界の中には、黒い靄に包まれていくハルの背中が見えた。

結局、自分は無力なのだ。目の前で泣いている彼女を、怯えている少女を、そして大切な友人すら救うことができないのか。

「返して！」

諦めて目を閉じようとした時、花山の悲鳴が聞こえた。

「なぁに、このだっさい髪留め」

神尾は花山がつけていた髪留めを奪い取りにやにやと眺めている。

「返して！　それは大切なものなの！」

花山を嘲笑うように、神尾はその髪留めを高々と掲げた。花山は何度も飛び跳ねて取り返そうと必死に手を伸ばしたが、あと数センチのところで届かない。

「東島さんが、私にくれたの！」

髪を下ろして、少しでも人に知られないよう息を潜めて過ごしてきた。

そんな自分に彼女は髪留めをくれて、可愛いねと笑いかけてくれたのだ。こんな辛い地獄の日々でもこうして生きていられるのは、彼女と、そのお守りのお陰なのだ。

「あははっ、こんなダサい髪留めで必死になるなんてバッカじゃないのぉ？」

神尾は慌てる花山を馬鹿にしたように笑い、彼女の目の前で髪留めを床に思い切り叩きつけ踏みつけた。

「あ、あ、ああっ……！」

「あっ、ごめん。見えなくて踏んじゃったぁ！」

足が退《ど》けられると、髪留めは見るも無残に壊れていた。

これまでどんな扱いを受けても泣き声一つ上げなかった花山が、膝から崩れ落ち、壊れた髪留めを拾い嗚咽《おえつ》を漏らし泣き始めた。

「あははっ、髪留めくらいで泣くなんておっかしぃの」

「……ユルサ、ナイ」

ハルがぽそりと呟くと教室の窓ガラスにヒビが入った。

教室がしん、と静まり返る。ハルは神尾の前に恐ろしい表情を浮かべて立っていた。

禍々しい空気を感じ、さすがの神尾達も異変に気がついたのだろう。困惑してあたりを見回すが、もちろんハルの姿は誰にも見えていない。

「ほんっとに、腹が立つ」

そんな異様な空気に包まれている教室の惨状を見つめながら、静乃はぽつりと呟き痛む頭を押さえながらゆっくりと立ち上がった。

「お、おい……何をするつもりだ」

「彼女はもう止められないぞ」

幽霊達の心配そうな声は耳に入らなかった。

「……冬紀ちゃんをお願いします」

傍で泣いている冬紀。今にも悪霊になろうとしているハル。そして目の前で繰り広げられた目を背けたくなるような暴力。耳障りな笑い声。

一つ一つの光景を思い返すたびに頭に少しずつ血が上っていく。

こんな人間のせいで花山は酷い思いをして、冬紀は命を落としてしまった。そしてハルもこんな女のせいで道を踏み外しそうになっている。

悪魔はどちらだ。どちらが悪だ。

そうして静乃は扉が外れそうな勢いで教室の扉を開けた。

凄まじい音がして全員が静乃に注目する。集まる視線を気にも留めず、ずんずん教室を進む突然の来訪者に、生徒達は驚いて道を開けた。

「山上さん……どうして……」

頬に涙の跡を残し、怯えた顔をこちらに向けている花山をちらりと見やり、静乃は神尾の前で足を止めた。

「なによあんた」

困惑顔で見上げている神尾を、静乃は冷めた瞳で見下ろした。

自分のすぐ横で神尾の首を絞めようと手を伸ばしているハルの手を、そっと制した。

先程ハルに突き飛ばされたおかげか、頭は酷く冷静だった。怪我の功名とはこういうことらしい。

「ほんっとに腹たつ」

右手を大きく振りかぶったその直後。教室に響き渡った乾いた音にハルが目を瞬かせた。

静乃は神尾を思い切り平手で打ったのだ。自身の右手にじんわりと広がる痛みを感じながら、静乃は呆然と頬を押さえている神尾を見下ろした。

あまりに大きな音に我を失っていたハルの意識が僅かに戻り、彼女はようやくその目に静乃を映したのだ。

「シズ……ちゃん?」

「人一人殺しておいてよく平気な顔してへらへらしてられるよね。貴女頭おかしいんじゃない?」

「あ、頭おかしいのはアンタだよ。なにいきなり人殴るなんて!」

「悪いことした子を叩いて何が悪いの」

頬を押さえながら甲高い声で喚く神尾に対し、静乃は眉も動かさず、虫けらを見るような冷たい視線を送り、今度は反対側の頬を思い切り叩いた。

「ちょっ、シズちゃん!」

もう一度平手打ちを喰らわそうと腕を振りかぶった静乃の手を、我に返ったハルが止めた。

「お、落ち着いてシズちゃ……」

「ちょっと黙って」

「――は、はい」

目が据わっている静乃に睨みつけられたハルは、怯えたようにその手を離し、足を絡《もつ》れさせながら数歩後退した。

「記者さん、何してるんですか!」

生徒の誰かが呼んだのだろう。教室に大慌てで教頭の条原が入ってきた。

「なんてことをしてくれたんです！　生徒に手を上げるなんて……こんなこと許されませんよ！」

顔を真っ赤にして声を荒らげる条原の言葉を、静乃はやけに冷静に受け止めた。

「許されないのはそちらだと思いますが。貴方は一体何を見てるんですか」

「なっ……」

条原の顔がさらに真っ赤に染まっていく。

「アンタなんかパパにいいつけてやるんだから！」

「結局は親の陰に隠れるわけね。どんだけ卑怯《ひきょう》なのよ……ほんっとに救いようがないバカね」

静乃は両手で頭を抱え、心底呆れて溜息をついた。散々悪事に手を染めて、いざとなれば逃げるのか。本当に人間というものは卑怯な生き物だ。

この怒りをどこにぶつければいいのか分からず、頭を掻きむしった。

「ねぇ、ハルちゃん。こんな女の相手するだけ時間の無駄だと思わない？」

神尾に近づきながら、静乃は背後のハルに声をかけた。

この数か月、相談所で働きながら色んな霊を見てきた。

ふと、家に帰られず無残に殺された子供達のために体を張った、幼い少年のことを思い出した。生きたくても生きられなかった彼らの明日は、こんな人間達の身勝手で床に転がるメロンパンのように踏みにじられたのだ。

「虐めてたのはこの人達だけど、このクラス全員で知らない振りして、見ない振りして冬紀ちゃんを見殺しにした！　助けてって声が聞こえたはずでしょう！　ボロボロになった姿が見えてたはずでしょう！　助けられたはずなのに、なんで誰も助けなかったの！　全員で人一人殺しておいて、まだ学ばないの？　どうして誰も花山さんのこと助けようとしないの！　彼女はまだ生きてるのに！　そんなにこの女が……神尾桃って人間が怖いの？」

神尾桃を指差しながら歩を進め、怒りを吐き出すように叫びながらぎろりと周囲を見回す。生徒達はごくりと息を呑み視線を逸らした。

「こんな状況を見ても、まだ虐めがないとかいいませんよね……教頭先生。自分達の責任逃れや保身のために見て見ぬ振りをして。生徒を守るのが教師だっていいますけど……守る相手が間違ってるんですよ！　貴方が守るべきはその女じゃなく、今！　あそこで泣いてる彼女なんじゃないんですか！　ふざけるのもいい加減にしてください！」

神尾を守るように立つ教頭を睨みつけ、背後で蹲っている花山の姿を手で示すと、教頭の顔が赤から青に変わった。

幽霊と違い、生きている人間の姿は見えるはずだ。

姿も、嘆きも、助けを求める声も、全て見えていたはずなのに。誰一人手を差し伸べる者はいなかった。そのことに無性に腹が立った。

「静乃さん……」

冬紀が心配そうに静乃を見た。

姿の見えない彼らが懸命に冬紀を助けようとしていた。だというのに、姿の見える彼らは冬紀を見捨てた。

だが、まだ花山は生きている。まだ、助けられる。これ以上誰も、泣かせない。

幽霊達が助けられないというのであれば、ここは人間の自分が、声を聞ける自分が、彼女達の無念を伝え、彼らの怒りを届けるのだ。

自分は姿が見えない彼らを笑顔にするためにこの仕事に就いたのだ。

「……モモのパパは、偉い政治家なんだからね！　こんなことしたらタダじゃおかないんだからねっ！」

「それがなに。やれるもんならやってみなよ」

ササキのように淡々と、力ずくで神尾の胸ぐらを掴みあげる。そして倉下が幽霊達を見下すような冷たい瞳で彼女を睨みつけた。

「私がいいたいことはいった。後は貴女の番。はっきりいうなら今だよ。これだけ大勢の前でいってしまえば、今度こそ絶対に逃げられない」

静乃は神尾の胸ぐらを掴んだまま後ろの花山を見た。彼女はびくりと肩を震わせた。

「冬紀ちゃんの辛さを、悔しさを伝えられるのは……今、貴女しかいないの。花山さん」

花山は握っていた髪留めをじっと見つめた。

怖い。どうしよう。不安と恐怖で押しつぶされそうだった。でも、それ以上に心の中にあるのは手を差し伸べてくれたのに助けられなかった冬紀への後悔だ。

「私は……東島さんを見捨てました。謝っても、謝っても許してもらえることじゃないけど……っ」

まるで冬紀から勇気をもらうように、髪留めを両手で握りしめて額に押し当てた。するとふと、背中に柔らかい感触を感じた。後ろを見ても誰もいない。

不思議そうに視線を彷徨《さまよ》わせる花山だが、静乃の目には、彼女を勇気づけるように背中を抱きしめる冬紀の姿が見えていた。

「大丈夫だよ。花山さん。私も、静乃さんも、ハルちゃんも皆がついてるから……」

「……私は、その神尾桃さんとその周りの人達に虐められています」

震える手で、花山は神尾を真っ直ぐ指差した。

「陰口をいわれて、変な噂を流されて。殴られて、写真を撮られて……お金も、盗まれました」

そして彼女は今まで神尾達から受けた行為を泣きながら全て話した。この大勢の生徒、そして教師の前で話したことで、もうこれ以上誰も見て見ぬ振りはできないだろう。

「は、ははっ。後でどうなっても知らないよ、花山さん」

それでもまだ神尾は笑っていた。

「……今のうちに笑っているといいよ。このまま逃げおおせても、いつか必ず思い出して後悔する時が来る。忘れさせるつもりはないけれど。もし万が一貴女がこのことを忘れたとしても、虐めを受けた彼女達は絶対に忘れない」

冬紀やハル、そして周りの幽霊達の言葉を代弁するかのように、静乃はハルを黒板に押しやって冷たく吐き捨てた。

「私達は貴女を絶ッ対に許さない」

手を離すと、神尾は腰を抜かしてずるずると床に座り込んだ。静まり返った空気の中で、静乃は踵を返し教室を出ていった。

「……ちょっ、シ、シズちゃん。どこ行くの」

「事務所に帰るの。あの子、絶対に許さない」

静乃はハルが悪霊になりかけていたことも忘れ、呆然とする彼女達を置いて廊下を物凄い速さで歩いていった。

「ちょっとシズちゃん、待ってってば！　ふゆきち早く帰らなきゃ！」

「えっ、ちょっとあの……」

あまりの剣幕に、冬紀の涙も引いてしまった。ハルは冬紀の手を取って慌てて静乃の後を追いかける。

「……嵐のような人間だな」

「しかし……これで少しはいい方向に進んでくれると良いがのぉ」

「人間に物をいえるのは、人間だけだからね。彼女は私達の代わりに、全て伝えてくれたよ……面白い人間もいたものだね」

彼女達の背中を見送る幽霊達は肩を竦めながらも、少しだけ救われたような笑みを浮かべて手を振っていた。

＊

「おかえり」

「おや、お主一人か。ハル達はどうした」

挨拶もなく一人で帰ってきて、遠くを見ながら立ち尽くしている静乃に、オオヤが心配そうに声をかけた。

「あの子悪霊になっちゃった？」

期待した表情で声を掛ける倉下の問いに静乃は何も答えなかった。危惧《きぐ》していたことが起きてしまったのかと、ササキとオオヤは不安げに顔を見合わせた。

「……やって、しまった」

不穏な空気の中で、静乃は両手で顔を覆い扉に背中を預けるとずるずると床に座り込んだ。

頭に血が上って、勢いに任せて啖呵《たんか》をきったものの外の強烈な寒さで、相談所に着く頃にはすっかり平静に戻ってしまったのだ。

「器物損壊に傷害、名誉毀損……おまけに相手は政治家の娘。ああ、もう絶対訴えられる。ＳＮＳとかに晒される。もうお嫁にいけない」

あまりにも腹が立っていたとはいえ、あんな大勢の人前で大立ち回りをした挙句、教師や生徒達にまで暴言を吐いてしまった。穴があったら入りたい。

もう普通に外を歩けない。自分は一生この廃ビルで過ごしていこうと、静乃はほんの一瞬の間に人生計画を再構築しかけていた。

「お、落ち着けおシズ……何があったのだ」

心ここにあらずといった感じでぶつぶつと呪文を唱え続ける静乃を心配して、オオヤは彼女の周りをオロオロと動き回っている。

「シ、シズちゃん……早い、よ」

そんな中に静乃の後を必死についてきたハルと冬紀が戻ってきた。

彼女が扉を開け顔を覗かせた瞬間、ササキとオオヤが安心して息をついた。一方の倉下はつまらなさそうに小さく舌打ちをした。

「何があったの」

「それがさ、聞いてよ。シズちゃんがね……」

放心状態の静乃の代わりにハルが戸惑いながらも経緯を説明した。

「くくっ……悪霊が怖気《おじけ》づくくらいの剣幕だったのか。それはそれは、恐ろしかったのぉ」

「笑い事じゃないよ、オオヤさん。シズちゃんだけは絶対怒らせちゃダメだよ……悪霊より怖いから。閻魔《えんま》大王様みたいだから」

「自分が訳分からなくなるくらい怒って悪霊を驚かせて止めるなんて……これはさすがに予想外だった。ははっ、静乃ちゃん傑作だよ。最高。本当に面白いね」

一部始終を聞いたオオヤ達は腹を抱えて笑い始めた。倉下も堪えきれず口元を押さえて笑っていた。

皆に笑われた静乃はさらに恥ずかしくなって、膝に顔を埋めて唸り始めた。

「……呑まれなくてよかったな」

「うん。シズちゃんが私達の代わりに怒ってくれたから。ばちーんって思いっきりあの女のほっぺた叩いてさ！　もうアタシびっくりしちゃって」

「すっごい、良い音したよね……ハルちゃんが止めてなかったらまだまだ叩いてたよ」

静乃の真似をするハルを見て、冬紀も楽しげに笑っている。未だに蹲ったまま顔を覆い、暗いオーラを放っている静乃にササキは視線を向けた。

「……自分の行動に後悔してんの？」

静乃は顔を上げて強く首を横に振った。

「いいえ。少しやりすぎたとは思っていますけど、後悔はしていません！」

「ならいいじゃん。胸張りなよ。静は間違ってないんだから」

ササキは満足げに頷くと、安心したように煙草に火をつけた。

ハルが静乃の元に駆け寄り、その顔を覗き込む。

「……ありがとね、シズちゃん。アタシを止めてくれて。アタシ達の代わりに怒ってくれて」

「生きてさえいれば、いつか誰かが助けてくれるかもしれないけど。ハルちゃん達を助けられるのは、見える私達しかいないから。ハルちゃん達のためなら、私は何度だって助けるし、幾らでも怒りますよ」

優しい笑みを浮かべる静乃にハルは抱きついた。突然で耐えきれずに、静乃の背中が壁に当たる。

「シズちゃん、ありがとう。大好き！」

「……私もハルちゃんが、大好きだよ。戻ってくれてよかった」

安心した静乃はハルの背中を摩《さす》った。

生前ここまで親身になってくれる人は現れなかった。静乃は霊達のために泣き、怒り、そして霊達の苦しみを分かってくれる。だからこそ自分達は彼女に惹かれ、彼女に救われたのだ。

「あーあ、賭けは僕の負けかぁ」

そんなしんみりとした空気の中で、倉下は残念そうに溜息をついた。

「俺が勝つっていったろ。ほら、帰れ帰れ」

ササキはしたり顔で、倉下を追い払うように手を振った。

「……仕方ないなぁ。いい出したのは僕だし面白い話も聞けたし。今日はおとなしく帰りますよーっと。じゃあね、静乃ちゃん」

倉下は重い腰を上げ床に座っている静乃に企み顔で微笑みかけると、そそくさと事務所を出ていった。

「賭けってなんですか？」

「ああ。おシズが無事に仕事をやりとげられるかどうか、あの男と儂らで賭けをしていたのだよ」

不思議そうに首を傾げる冬紀にオオヤが楽しげに答えた。

「……人が一生懸命仕事してるのに賭けの対象にするなんて、酷くないですか？」

ようやく立ち直った静乃は、のろのろと這うように炬燵に入り込んだ。そしてふと思いついて、パソコンを見ているオオヤを見上げた。

「私達で賭けをしてた代わりに……といってはなんですけど、オオヤさんちょっと力を貸して欲しいんですけど」

「儂がか？」

オオヤが自身を指差すと静乃はゆっくりと頷いた。

「別に構わんが、何をするつもりだ？」

「あの様子だと、多分花山さんへの虐めは止まらないと思うから……間接的にトドメを刺そうかと」

「え……まだやるつもりなの？」

「あの子、全く悪びれた様子なかったから。やるなら徹底的にやらなきゃ……」

真顔で物騒なことをいってのける静乃を見て、全員が顔を引きつらせた。

「……え、あの。ちょっと引いてません？」

「……お前を敵に回すのだけはやめとこう。地獄の底まで追っかけられそうだから」

忌々しそうに眉を顰めるササキに、皆が同意して頷いた。

――触らぬ神に祟《たた》りなし。この日相談所職員は、今後新人を怒らせるのは止めようと固く心に誓ったのであった。

＊

ぴろん。

学校でさんざんな目に遭った日の深夜、神尾桃のスマートフォンが鳴った。

どうせ友人からの連絡だろうと痛む右頬を摩《さす》りながらスマホを手に取った。

〝こんにちは。私のこと覚えてる？〟

意味が分からない文面。トーク相手の写真も、名前の表示もされない。

「イタズラ？　知るわけないじゃない」

新手の迷惑メールだろうと早々にブロックし、トークを消そうとした時、まるでタイミングを見計らったかのようにもう一度音が鳴った。

〝消しても無駄だよ。ねぇ、覚えてないの？〟

「な、なによ……」

感情が伝わりづらい文面。そして深夜ということも相まって恐怖心が煽られた。

〝アンタ、誰？〟

震える手で返事を送ると、すぐに既読が付き、ものの数秒で返事が送られてきた。

〝誰だとおもう？〟

質問に質問で返された。

ただでさえ色々あった一日。その終わりに再び訪れた災厄に、怒りと恐怖で頭の中がぐちゃぐちゃだ。

いつも肌身離さず持ち歩いているスマホの電源を消して机の引き出しに押し込み、布団をかぶって眠りに就いた。しかし心臓が激しく脈打って神尾はその日一睡もできなかった。

こんな最悪な気分は生まれて初めてだ。これも全部あの女が悪い。親にもぶたれたことなんてなかったのに、か弱い女子の頬を殴るなんて頭がおかしい。父親に頼んで必ず今日の仇をとってやる。

怒りに揺れる頭の中で、メッセージの相手に一人だけ心当たりがあったのだが、そんなはずはない。だって彼女は――。

「アンタ、昨日変なライン送ったでしょ」

「なに、なんの話？」

翌朝、目の下に隈を作った神尾はスマホを手に友人達に詰め寄った。しかし彼女達はわけが分からないと首を傾げる。これが悪戯だというならあまりにも悪質だ。

「とぼけないでよ！　夜中に変なラインがきてたの！　ほら！」

「え……モモちゃん、何も見えないよ？」

その言葉を受けて、恐る恐る神尾はスマホを確認した。彼女達がいうように、昨晩送られてきたラインが綺麗さっぱり消えていたのだ。

「モモちゃん寝不足じゃない？　具合悪かったら帰った方が良いよ……保健室ついていくよ？」

「ほら……昨日もいろいろあったしね」

「……顔、洗ってくる」

混乱した頭を冷やすため、神尾はトイレに駆け出した。

洗面所で顔を洗うと、鏡には疲労困憊した自分の顔が映っていた。

〝許さないから〟

その瞬間見覚えのある姿が鏡に映っていた気がした。

慌てて後ろを振り向いてもそこには誰もいない。

腰を抜かしそうになって、心臓が高鳴る。気のせいだ。絶対気のせいだ。こんなところに幽霊なんているわけがない。

　――ぴろん。

　タイミングを見計らったかのように通知音が鳴り、神尾は肩を震わせた。恐る恐る震える手でスマホを確認した。

〝こんにちは。私のこと覚えてる？〟

　昨晩と同じ文面だった。

　そこで疑問は確信へと変わった。今背後に見えた霊、そしてこの相手が分からない通知――信じたくないが、あれは自分を信じて無様に死んでいった冬紀に違いない。

　自分を恨み、憎しみ、呪うためにこうやって連絡を取ってきたのだ。そうに違いない。

「ごめん、ごめんって。そこまで追い詰めるつもりはなかったの、許して！」

　スマホを握りしめて半狂乱になって叫んだ。

〝どうしたの？　なんで謝るの？〟

　まるで神尾の声が聞こえているかのように、返事が返ってきた。名乗りもしていないのに、神尾は完全に相手が冬紀だと思い込んでいた。

「あんたを助ける振りして、虐めてた。だからごめん、殺さないで」

　涙を浮かべながら懇願するように神尾はスマホを握りしめた。しかしそれ以降そのメッセージの返事が来ることは二度となかった——。

*

「そういえば、おシズ。頼まれたとおりやったが……本当にあれだけでよかったのか?」

数日後、遊びに来ていた冬紀と共に炬燵で身を寄せ合っていると、オオヤが思い出したように静乃に問いかけた。

「相手に何か心当たりや罪悪感があれば、何もせずとも勝手に怯えてくれるじゃないですか。変に脅《おど》したり怖がらせたりするよりも、その方が自分のしたことを忘れず、ずっと後悔して過ごしてもらえるような気がしませんか?」

みかんの皮を剥きながら話す静乃に全員が動きを止め、顔を引きつらせた。

「シズちゃんだけは絶対に敵に回さないようにしよう……何されるか分かんないし、絶対祟られる」

静乃に聞こえないようぽつりと呟いたハルの言葉に、全員が大きく頷いた。

「まぁ、それはともかく……よく頑張ったよ。お疲れ」

ササキの言葉に静乃が固まった。聞き間違いでなければ、この男は確かに今自分を褒めた。

彼は珍しく上機嫌そうで、いつも無愛想に下を向いている口角も、今日はほんの僅かだが上がっている。明日は雨が降るかもしれないと思いながらも、上司に褒められたことが嬉しくて静乃は照れ臭そうにはにかんだ。

「……それにしても、あれからひっきりなしに取り上げられてるね、ふゆきちの所のニュース」

ハルが頬杖つきながら眺めていたテレビでは清稜高校の虐め隠蔽《いんぺい》問題がニュースに取り上げられていた。

静乃はあれから驚きの手際の良さで冬紀の遺書や花山の証言を匿名《とくめい》で教育委員会へ提出したのだ。

そして教育委員会はすぐに調査に乗り出した。すると上がるや上がる、虐められていたという者の証言。虐めを見たという者の証言。当然教師が虐めを見て見ぬ振りをしていたという証言も上がり始めた。

虐めゼロを謳《うた》っていた学校はすぐさま隠蔽、自殺者続出と取り上げられマスコミの格好の餌食となった。恐らく虐めっ子達も正当な処罰を受けることとなるだろう。

週刊誌ではリーダー格の生徒は某政治家の娘だと書き立てられていた。神尾は静乃に仕返しするどころか、自らの行動で父親を窮地に立たせてしまったのだ。

「学校も、神尾さん達もきっと正しく裁きを受ける。ハルちゃんや冬紀ちゃんが手を出すだけもったいなかったんだよ」

「お陰で私はもうすぐ成仏できそうです……お母さん達も少しだけ落ち着いたようでした」

冬紀は嬉しそうに微笑んだ。つい先日自身の葬儀が行われたとのこと。最後の挨拶と礼のためにに相談所にやってきたのだ。

「ハルちゃん、静乃さん……本当にどうもありがとうございました」

「ううん、アタシはなんにもしてないよ。よかったねぇ……ふゆきち」

晴れ晴れとした表情の冬紀をハルは嬉しそうに力強く抱きしめた。

「ササキくん、いる？」

タイミングを見計らったように、倉下が大きなコンビニ袋を携えてひらりと手を振りやってきた。その顔を見た瞬間、静乃以外の全員がぎょっと目を見開いた。

「またお前かよ……俺が勝ったら来ないいんじゃなかったの」

「あの時は帰るっていっただけで、二度と来ないなんて一言もいってないよ。ほら、これご要望の甘いもの」

面倒臭そうに溜息をつくササキの目の前に、倉下は重そうなビニール袋を置いた。

「わっ、凄い！　どうしたんですかこれ！」

中身を覗いた静乃が思わず声を上げた。中には様々な店舗のコンビニスイーツがぎっしりと詰め込まれていた。これにはふてくされたようにそっぽを向いていたハルも目を輝かせて袋の中を覗き込む。

「静乃ちゃんも甘い物好きなんだね。沢山買って来たからササキくんと食べて」

「ありがとうございます！　ハルちゃんも一緒に食べようね！」

「……なんの用」

ササキはちらりと指先で袋を広げて中身を確認すると、シュークリームを一つ取り出し、何もいわずに静乃に袋を差し出した。どうやら残りは冷蔵庫にしまってこいとのことらしい。

こうして見事買収が成功した倉下はにこやかに炬燵に入り込んだ。

「今日は人間のお客さんを連れてきたんだ」

「はぁ？」

シュークリームに齧《かぶ》り付きながら信じられないようにササキは眉を顰めた。

こんな廃墟に何故人間が来るのだろうか。皆半信半疑で扉を見つめると、そっと扉から顔を覗かせた女子が一人——花山だった。

「花山さん！」

「こ、こんにちは……」

静乃と目が合った瞬間花山はぺこりと頭を下げた。思わぬ客人にハルと冬紀も目を見開いた。

「あの。ここでなら霊に関する相談を受けてもらえるって、このお兄さんに聞いたんですけど……」

「お祓い以外ならね」

ササキのわざとらしい口調に、倉下はおどけて肩を竦めた。

「あの、お祓いとかじゃなくて。謝りたいことがあるんです。ウチの学校で自殺した、冬紀ちゃんに」

冬紀が驚いたように身を固くした。

目の前にいる冬紀にもちろん花山は気づいていない。皆も敢えてその事には触れなかった。

ササキはがぶりとシュークリームを口に押し込むと、炬燵に入るよう促した。

「……座りなよ」

花山は困惑気味に周囲を見回して静乃の隣に座った。彼女にはササキと静乃と倉下しか見えないはずだが、気配を感じるのだろうか。

花山が座ったすぐ横には、実際に冬紀が座っていた。

「謝りたいことってなに？」

「彼女が虐められる前に、虐められていたのは自分でした。そんな私を東島さんは助けてくれたのに私は彼女を助けられなかった……だから謝りたかったんです」

花山はぽつりぽつりと話し始めた。

「彼女は……冬紀ちゃんは私を助けたつもりはなかったんだろうけど。それでも、私にとっては嬉しいことでした。でも、それから虐めの標的は……私から、彼女に変わってしまった」

花山は神尾に壊された髪留めをポケットから取り出し、両手で握りしめた。

髪留めは少し不格好だったけれど、綺麗に修復されていた。おそらく花山が自分で一生懸命に直したのだろう。

「最初は標的が変わってほっとしたんです。ああ、これで虐められなくて済むって。でも……東島さんが泣いているところを見る度に声を掛けたくて。でも怖くて……どうしようか迷っている間に東島さんは死んでしまった。こんなことになるなら、もっと早く声をかけてれば、あの時のお礼をいえてたら……あんな方法選ばなくても済んだのかなって」

ぽたり、ぽたりと机の上に花山の涙が零れた。

「……だから、どうか東島冬紀さんに謝らせてください！」

頭を下げる花山を冬紀は瞳を揺らしながら見つめた。

救われたありがたさ。自分の代わりに虐められるようになった罪悪感。彼女は何も悪いことをしていないのに、まるで懺悔するような言葉の数々。

自分の死を悼《いた》んで、後悔して、こうして涙を流してくれる人がいた。冬紀は涙を浮かべて思わず花山に抱きついてしまった。

「別にキミが謝らなくてもいいんじゃない？」

そんな冬紀の心情を代弁するようにササキがぽつりと呟いた。

「どんな理由があっても、虐めたヤツが悪いよ」

「でも……」

「それでも自分が許せないんだよね」

花山の心を読んだような静乃の言葉にこくりと頷いた。

「それなら、冬紀ちゃんのことずっと覚えていてあげて。亡くなった人は忘れられたらもう一度死んじゃうんだって、私のお爺ちゃんがいってたんだ」

「……忘れません。ずっと」

決意を込めた花山は、強く髪留めを握りしめた。その背は以前のように小さくも丸くもなく、背筋を伸ばし胸を張り、真っ直ぐ前を見つめていた。

彼女の心の傷は一生消えることはないだろう。しかし、それでも彼女は前を向いて明るい未来を見ようとしているのだ。

彼女が生きているうちに救えてよかったと、静乃は嬉しくなって花山の生き生きとした顔を見つめた。

「それに、俺らに頼まなくても聞こえてると思うよ」

「え？」

「んーん、こっちの話」

ササキはちらりと花山の隣を見て、誤魔化すように茶を啜った。ササキの視線を追った花山の瞳には誰も映ってない。

花山を心配して見守っている霊達がこんなにいるのに、その声を伝えられないのはもどかしい。

しかしこうして死者を悼む人間がいて、人間を見守る霊がいる。決して幽霊は人に悪い影響を及ぼすものばかりではないのだ。彼女の隣で互いに慰め合っているハルと冬紀を、静乃は微笑ましく眺めていた。

「ササキくん、僕はまだ諦めたわけじゃないからね」

ササキの耳元で囁きながら、ゆっくりと立ち上がった倉下をササキは見上げた。

「……彼女の力を改めて実感しちゃうとさ、余計欲しくなっちゃった」

「お前も懲りないヤツだな」

「ああ、こう見えて僕諦めが悪いからね。それじゃあ、また来るよ。じゃあね、ササキくん」

倉下はにこりと笑って、舌舐めずりするように静乃を見た。

つまらなさそうに、そして何かを抱え込んで僅かに丸まった背中を、ササキは黙って見送ったのであった。

第五話　笑顔のこたえ

「――一緒に死んで」

夜中、悲しげな声が聞こえてふと目を開けると、馬乗りになった母親に包丁を突きつけられていた。

包丁からは血が滴《したた》り、俺の頬に生ぬるく降り続けている。

こんな状況でも不思議と頭は冷静で、ちらりと横に首を動かすと父親がこちらを見て絶命していた。

結論からいうと、俺の父親は本当にろくでもない糞野郎だった。

酒浸りで、女遊びが酷くて、ギャンブルにハマって借金作って。母親がパートで必死に働いて作った金を殴っては無理矢理むしり取っていく、そんな最低の人間だった。

俺が人間を嫌いになったきっかけは多分この親父がいたからだろう。

「トモヤ。ごめんね、起こしちゃったね。ごめんね……ごめんね、トモヤ」

大粒の涙を零しながら何度も何度も俺の名前を呼んで謝り続けた。

そんなに謝らないでくれ。母さんは十分頑張ったじゃないか。いつかこうなる日が来たら、俺は母さんと一緒に逝くつもりだったんだ。だから、泣かないで。

悟ったように何の抵抗もせずじっと母を見つめる幼い息子。それが余計に母さんを苦しませたのだろう。

「ごめんね。母さんもすぐに逝くから。貴方を一人にしないから……ごめんね、ごめんね」

ずぶりと嫌な音がして、腹が燃えるように熱くなった。腹から熱い液体が溢れ出す。なるべく声は出さずにいようと思ったが、あまりの痛みにくぐもった声が出て、自然と涙が溢れ出した。

父親もこんな痛みを感じて死んでいったのか、はは、当然の報いだ。ざまみろ。

「ごめんね。ごめんねトモヤ。痛いよね……ごめんね。ごめんね……」

シーツを握りしめ痛みに耐えている俺を見た母親は、包丁を投げ捨てて、力強く抱きしめてくれた。さすがに父親のように滅多刺しとはいかなかったらしい。

母親が耳元で、ずっと俺の名前を呼びながら泣き叫んでる。本当に泣き虫だな、と笑おうとしたが声がうまく出せない。母親の声がだんだん遠くなって、痛みを徐々に感じなくなってきた。体が動かせなくなって、指先の方からじわじわと凍えるような寒さが襲ってくる。ああ、これが死という感覚か。

少しずつ遠くなる意識の中、酷く凍えていく体に対して母親の体がとても温かかった。この温もりを感じたまま死ねるなら幸せだ、と思っていた。

――だが、俺は死ねなかった。

目を覚ますと見知らぬ天井が広がり、俺は病院のベッドで横になっていた。すぐに警察がやって来て難しい言葉を並べ事情を説明された。簡潔にいうと母親は無理心中を図り父親を殺し俺を刺し、最後に自ら命を絶った。そして俺だけが奇跡的に生き残った。いや、生き残ってしまったのだ。

警官は俺が生き延びてくれて良かったといったが、当の俺は生き延びてしまった事実に落胆していた。

俺はあそこで死ぬつもりだったのだ。何故一緒に連れて行ってくれなかったのか。いっその事父親のように滅多刺しにしてくれれば死ねたのに。詰めの甘い母親に怒りすら覚えた。

その後病院を退院した俺を待ち受けていたのは幼い子供を誰が引き取るかという親族同士の押し付け合いだった。

可哀想だね、とか。よく生きてくれたね、とか。表面上は慰めながら、腹の中では自分だけは引き取りたくない、面倒事を押し付けられたら困ると顔にくっきりと浮き出ていた。

〝友達が沢山出来るように〟なんて理由で名付けられた名が皮肉にしか思えないほど、当時から捻くれていた俺は学校でも友達と呼べる人間はおらず、とても不愛想だった。引き取り手が見つからないのも至極当然なことである。

結局俺の押し付け合戦の決着はつかず、最終的には皆が一致団結して俺を孤児院へ送り込んだ。変なところだけは意見が一致するのだ。

そんな親戚達が気持ち悪くて、俺は益々人が大嫌いになった。

「ボク、倉下凛太郎。友達になってくれる？」

「いやだ」

そしてその孤児院で、倉下凛太郎と出会ってしまった。

霊が見えるとかいう理由で虐められている癖に、いつも気味悪いくらいニコニコと笑っているソイツは、何度邪険に扱っても俺の後ろをついて回った。

俺は霊なんて見えなかったが、殴られてもへらへら笑っている倉下を多勢に無勢で虐めているヤツらが気に喰わなくて、結果として俺はいつも倉下を助けることになった。

「ありがとう、強いんだね」

顔中痣だらけだったけれど倉下はにこにこと笑っていた。全く笑わない俺と倉下は本当に正反対だった。

「そういえばキミの名前をまだ聞いていなかったや」

「忘れた」

もちろん自分の名前を忘れるはずがない。名前を呼ばれるのが嫌だったのだ。

名前を呼ばれるとあの日の母さんの顔が、声が蘇るから。その音が耳障りで耳を塞ぎたくなってしまうから。

「それじゃあ僕はキミをなんて呼んだらいいか分からない」

「じゃあ……ササキで」

困ったように笑う倉下に、なんとなく思いついた名前を口走ってしまった。

平凡でどこにでもいそうだけど、実はあまり見かけない名前。二文字変えると秋の草のように消えそうな響き。適当に名乗った名前だが偉く気に入ったのを覚えている。

あの日トモヤは死んで、この日から俺はササキになったのだ。

「ねぇ、ササキくんはさ。なんで死にたいの？」

「……さぁね。リンには関係ないだろ。放っておいてよ」

俺は成長すると共に、自傷行為や自殺未遂でかなり孤児院に迷惑をかけていた。

何度死のうとしてもいつも倉下が邪魔をした。結局俺は体に無駄な傷痕を増やし、担ぎ込まれた病院では顔を覚えられる常連になってしまった。

「ササキくんは死なないよ」

「なんで」

「ササキくんは僕の大事な友達だし。それに周りにいるものもササキくんのことを心配してるみたいだから」

「周りに何かいるの？」

「うん、ユーレイってやつだよ。僕はササキくんのこと好きだから。こんなヤツらの仲間になってほしくないから、死んで欲しくないんだ」

当時の俺は倉下がいっていることを理解できなかったが、倉下は笑いながら何もいない場所を忌々しそうに見回していた。

それが理解できるようになったのは、高校三年になって山奥で首吊り自殺を図った日のことだった。

首に縄を通し、足場から飛び降りると緩んでいた縄が俺の体重によって一気に絞まり首に縄が食い込んでいく。

死ぬ気だったのに人間の本能だろう、動物のような呻き声を上げながら絞まる縄を緩めようと、指で懸命に縄と首を掻《か》き毟《むし》った。

ぎりぎりと重いものを吊るすような嫌な音が聞こえる。首が絞まり、気道が絞まり、息ができない。頭に血が回らず、気が遠くなっていく。今まで散々試したが、首吊り程苦しいものはなかったなぁ、なんて他人事のように考えた。しかしまぁ、これなら確実に死ねるだろう。

「だから、やめろといったのに――」

「まだ、やり直せたのに――」

「苦しむだけなのに――」

　死に近づくとこの世のものではないものが見えるという。実際俺の周りには何百もの人間が立っていた。

　それも皆揃いも揃って首に縄を巻いている。スーツ姿の中年男。ボロボロの服を着た男女。中には俺と同じように制服姿の女子高生。皆酷く悲しそうな、寂しそうな表情でもがき苦しむ俺を見上げていた。

　ああ、これが倉下がいっていた幽霊かと思いながら意識を飛ばした俺は――やっぱりすんでのところで邪魔が入り死ぬことは叶わなかった。

　目が覚めて病院の天井を見るのはこれで何度目だろうか。

「助かったんだね。心配でついてきちゃった」

　ただいつもと違ったのは、そこに首に縄をぶら下げたやけに明るい少女がいたこと。

　これが俺とハルの最初の出会い。

「そんなに人が嫌いならアタシ達が住んでる所で一緒に住む？」

そうしてハルの紹介で、廃ビルに棲《す》むアヤカシ、オオヤと出会った。

「そんなに死にたいのであれば、儂がお主を殺してやろう。まあ、タダでとはいえないが……人間の癖に人間が嫌いとは意見があう。それならば儂らが傍にいてやろう」

そんなお節介焼きな幽霊達と出会い、こんな場所で俺は幽霊専門の相談所を営むこととなってしまった。

そうしてオオヤの約束は果たされることなく早十年。これまで色々な幽霊達と関わって来たが、少しだけ分かって来たことがある。

寂しそうに笑う幽霊達は嘘がない。誰よりも苦労して、誰よりも苦しんだ。だからこそ嘘をつかない。

怒りも、悲しみも、全ての感情が素直で真っ直ぐだ。そんな幽霊達が俺は人間より好きなのだ。

*

季節は三月。寒い冬が終わりを告げ、春はもう目の前までやってきていた。

冬の間皆で囲んでいた炬燵は役目を終え、いつものソファと座卓が物置から顔を出した。窓からはぽかぽかと春の陽気が差し込んでいる。

「シズちゃん卒業おめでとう！」

相談所内にクラッカーの音が鳴り響き紙吹雪が静乃の頭に降り注いだ。静乃は先日無事大学を卒業し、今日は皆でその祝賀会を行っていた。

「おめでと」

「無事に卒業できてよかったのぉ」

「ありがとうございます。なんとか無事に卒業できましたよぉ」

机の上には静乃の卒業を祝う豪勢な食事と酒が置かれていた。

「じゃあシズちゃんの卒業と入社祝いを兼ねて――」

「乾杯」

「カンパーイ！」

オオヤの音頭で皆がグラスを高々と掲げて酒を呷《あお》った。

ササキやオオヤはともかく、この見た目で缶酎ハイを美味しそうに飲んでいるハルは、何度見ても慣れないものだ。

「やっぱりハルちゃんがお酒飲んでると違和感しかないんだけど……」

「まあ、見た目は十七歳のままだけど……生きてたらとっくに二十歳超えてるし、気にしない気にしない」

そういってハルは上機嫌で酎ハイを呷り、あっという間に一本空けてしまった。こんなペースで飲んで大丈夫なのだろうかと心配になってしまう。

「ハルも変な所で都合いいよな。俺より年上の癖に」

グラスを回しながら鼻で笑うササキに、ハルがずずいと詰め寄った。

「そういう所長は年幾つなの！」

「今年で二十九」

「あら、残念でした。アタシそこまで年取ってませーん！　仮に年上だとしても見た目変わらないからいいもんねーだ。一生ＪＫ舐めんな！」

「いや別に舐めてないけど」

ハルはしたり顔で二本目の缶を開けた。幾ら実年齢では成人に達しているとはいえ、肉体は永遠に未成年なのだ。本来アルコールに耐えうる体ではない。

酔っ払いのハルは顔を真っ赤にして、ササキの肩に腕を回し絡み始めた。

「はぁ……めんどくさ。酒弱いなら飲むなよ。ほら、静に構ってもらいな」

大層面倒くさそうに溜息をついたササキはハルの両肩に手を置いて、ぐるりと静乃の方に向けた。ハルは静乃を視界にいれるとにんまりと満面の笑みを浮かべた。とてつもなく嫌な予感がする。静乃は念のためグラスを机の上に置いてごくりと息を呑み、身構えた。

「シズちゃぁん！」

「わっ！」

静乃の予感は見事的中し、ハルは飛びついてきて顔が痛くなるくらい頬ずりをし始めた。

「シズちゃん食べてるぅ？　今日の主役はシズちゃんなんらからぁ、たんとおあがりぃ！」

「むぐっ……」

続いてハルは手近にあった太巻きを鷲掴《わしづか》みにして、静乃の口の中に無理矢理押し込んだ。

詰め込まれた太巻きが喉に詰まらないよう静乃が必死に咀嚼すると、味わう暇もなくハルは次のものを口に突っ込もうとする。これ以上入れられたら窒息してしまうと、慌てて手で口を覆った。

「えへへ、シズちゃんおいしぃ？」

「ん、おいしいよ……ありがと」

ごくり、となんとか海苔巻きを飲み込んで礼を述べると、ハルは嬉しそうに笑った。なんだかハルが猫のように見え、思わず頭をよしよしと撫でてしまう。自分も少し酒が回ってしまったのかもしれない。

「こらハル、そんなに飲みすぎるでないぞ。まだ昼間なのだからな」

「分かってますよー。もー……オオヤさんはホントにお父さんみたいなんらからぁ」

ハルの手からオオヤがそっと缶を抜き取ると、ハルは頬を膨らませた。そんな光景を眺めながらササキは僅かに口角を上げ、一人寿司を肴《さかな》にちびちびと飲んでいた。

暖かな空気の中で、和気藹々と穏やかな時間が流れていく。

この相談所で過ごして早三か月。色々な幽霊と関わりながら四人で過ごす日々はとても楽しい。これからも、この奇妙なアヤカシ相談所での楽しい日々がずっと続けばいいと、染み染みと考えてしまった。

「お助け下さい！」

穏やかな空気に包まれていた相談所に、突然大声が響いた。叫び声と共に勢いよく扉が開き、次々と幽霊達が入ってくる。

何が起きたのかと皆グラスを持ったまま固まった。

「え、えっ……」

その霊の数は留まることを知らず、五人十人と増えてゆき、最終的には二十人にもなってしまった。今までこんな数の客が訪れたことはなく、静乃は思わず食べていた海苔巻きを酒でごくりと流し込んだ。

「なにお前ら」

「カチコミらぁ！」

こんな状況だというのに顔色一つ変えないササキに対し、酔っ払いのハルは慌てふためき近くにあった一升瓶を逆手に持ち警戒態勢だ。

相談所に入ってきた霊は首から縄を下げた者。手足が異様に長く異常な角度に曲がった者。風で飛ばされそうなほど薄い者。中には頭からバケツの水を浴びたように全身ずぶ濡れの者もいた。浮遊霊、自殺者、水死者、轢死者《れきししゃ》――これ程多種多様な霊が一堂に会することは珍しい。困惑したようにオオヤが眉を顰めた。

「そんなに慌てて何があったのだ」

「――様、どうか、どうかお助け下さい！」

まるで神に縋るように沢山の霊達はオオヤに縋りついた。

彼の本名を聞き取れないササキと静乃にすさまじい不快音が襲いかかる。

幽霊達は声を合わせてオオヤの名を呼んでいるらしく、耳を塞いでも聞こえてくる異音で気分が悪くなった。

「うるさい！　そいつの本名を呼ぶな！　耳が割れる！」

「あぁっ、ソファが濡れちゃう！」

「ブルーシート！　ああ、待て座るな、座るな！」

この不快音にはさすがのササキも声を荒らげる。

互いに耳を塞ぎながら大声で会話をしつつ足でロッカーをこじ開け、大きなブルーシートを取り出した。それを受け取った静乃は千切ったティッシュペーパーを耳栓代わりに耳に詰め、素早くオオヤの周りにブルーシートを敷き詰める。

今までにない連携プレーを見せる両名だが、オオヤの名を呼び続ける彼らの勢いが衰えることはない。このままでは二人の鼓膜が持ちそうになかった。

「あー、もう、うるっさい！」

思いきり叫んだ静乃の声が所内に響き渡り、あれほど騒いでいた幽霊達がぴたりと静まった。全員に注目されると、静乃は怒気を孕《はら》んだ目で幽霊達を見回し勢いよく扉の方を指差した。

「今からお話を聞く準備をするので、一旦外に出ていてください！」

錯乱《さくらん》気味の幽霊達に、静乃が大声を張り上げる。

幽霊達が、追い出さないでくださいと再びオオヤに縋り付きはじめた。

このままでは、自分の声は彼らの耳に届かないだろう。静乃は自身を落ち着かせるように数度深呼吸をして、彼らと目が合うように屈んだ。

「ここは安全なので大丈夫です。追い出すことは絶対しません」

「ほ、本当ですか……助けていただけるのですか」

「ゆっくりお話を聞きますから、一度廊下で深呼吸でもして来てください」

微笑む静乃に、幽霊達はゆっくりと頷くと皆一度相談所の外に出てくれた。

「ナイス静。ほらハル……さっさと準備するよ」

「はぁい」

この騒ぎでハルも少しは酔いが覚めたらしく、皆大慌てでブルーシートを敷き大量の客人を接客する準備を整えはじめる。

「所長、お茶何人分用意すればいい？」

「数が多すぎるから、取り敢えず話だけ聞こう」

宴会ムードは一瞬にして消え、机の上に並んでいたご馳走《ちそう》は一時冷蔵庫の中に避難させた。

そして準備を整えると、相談所の外で律義に整列して待っていた二十数名の霊達を相談所の中に招き入れた。

来客用のソファの周りに敷いたブルーシート上に大勢の霊が座り、恐らく彼らのリーダーであろう幽霊が、ササキとオオヤの向かいに座る。

その後ろで静乃とハルは様子を見守ることにした。

「先ほどは取り乱してしまって申し訳ありませんでした。私、彼らを取り纏めているヌイと申します。ササキ様、オオヤ様。どうか我々をこちらのビルに匿《かくま》っていただけませんでしょうか」

ヌイが頭を下げると、ブルーシートに座っていた霊達も地面に頭を擦りつけるような勢いで頭を下げた。先ほどの慌てようといい、彼らの身に何かが起こったことは明確だった。

「それは構わぬが、何があったか聞かせてくれぬか」

「私達は住む場所を追われているんです」

顔を上げたヌイは苦しそうに表情を歪めた。

「仲間達が何人も祓い屋に殺されているのです」

「なんだと？」

ぴくりとオオヤの眉間に皺が寄った。僅かに怒気を放ちながらも、オオヤは落ち着いて彼らから話を聞いた。

「……人間がお主達の存在に気づいてしまったのか。それとも、お主達が何か悪さでもしたのか」

「どちらでもありません。私達は浮遊霊……この世を彷徨《さまよ》う霊です。悪霊ではありませんし、人を脅《おびや》かすことも決してありません。ですが、この頃祓い屋が仲間達を無差別に襲いはじめたのです」

目の前で仲間を殺され、自分自身も余程恐ろしい目に遭ったのだろう。ヌイは膝の上で恐怖と怒りに震える拳を握りしめた。

「あの祓い屋は娯楽のように私達を滅して楽しんでいるのです。このままでは皆殺しにされてしまうと思い、皆で命からがらオオヤ様がいるというこのビルまで逃げ延びて来たのです」

「では、その祓い屋は無害なお主達を無差別に祓って回っている、ということだな」

霊達は怯えたようにゆっくりと頷いた。

「……あの、すいません。ごめんなさい。祓われた幽霊ってどうなってしまうんですか」

おずおずと手を挙げて静乃は質問した。彼女のすぐ前に座っていたササキは静乃を見上げて口を開いた。

「上手く祓われれば成仏って形になるけど。相手が霊を救おうって気がなければ……霊は成仏できずに消滅する」

「消滅、ってつまり死ぬってことですか？」

「いいや。消えるのだよ。逝くべき場所に逝くために彷徨《さまよ》っている彼らの存在を無理矢理消すのだ。成仏もせず消された霊は輪廻転生の輪から外されてしまう。死より酷い仕打ちだよ」

「それって……」

静乃は言葉を失った。この世に残ることも、成仏もできない。消されてしまえば生まれ変わり次の生を迎えることもできない。永遠とも呼べる長い時間を果てしない闇の中で過ごすこととなる。

「仲間達が沢山やられました。どうか……どうかお助け下さい」

「ふむ……よかろう。幸い広いビルじゃ。好きに使え」

「ああっ、ありがとうございます！」

オオヤの言葉に皆が深々と頭を下げた。ほっとしたように安堵の声を漏らし、涙を流している。

「でも……この人達を助けても今度は他の人達が被害に遭うよね？　大元を解決しないと皆安心して暮らせないんじゃないの？　犯人を止めるのが一番の解決策なんじゃ……」

ハルのいう通り、もし祓い屋が仕事ではなく享楽のために幽霊達を祓って回っているのであれば、必ず次の獲物を探すに違いない。

人間と違い、幽霊が襲われていても警察は動いてくれない。この事件を解決できるのは静乃達しかいないのだ。

「ふむ……そうだな。お主達の中で犯人の顔を見た者はいないのか」

「襲われた者なら顔をはっきりと見ていると思うのですが、目撃者は皆祓われてしまいました。私達も身を隠し、逃げることに必死で……祓い屋の顔をはっきりと見た者はおりません」

申し訳なさそうにヌイは肩を竦めた。

「それにしても一体誰がなんの目的でこんなこと……」

「祓い屋になりたてで勘違いしている馬鹿か、物凄く霊を憎んでる馬鹿の仕業《しわざ》だろうな」

その言葉で一人の祓い屋の姿が全員の脳裏を過《よぎ》った。

霊を心底毛嫌いし、そこそこ腕の立つ祓い屋。その条件に当てはまる人物が一人だけいた。時折この相談所に顔を出し、考えを読ませないよう常に笑顔の仮面をつけている神出鬼没の男――倉下凛太郎だ。

「……ササキ。まさかアヤツではないだろうな」

「そうだとはいえないけど、違うともいえない。祓い屋は倉下だけじゃないから……」

「もしあの男が犯人であれば、幾らお主の友人とてただではすまさぬぞ」

「……分かってるよ」

牙をむき出しにして怒るオオヤに、ササキは髪をかき上げ深刻そうに溜息をついた。

「犯人を捕まえていただけるのですか！」

ヌイ達は期待した面持ちで顔を上げた。

人に迷惑をかけ祓われたのならばまだ納得するだろう。しかし何もしていないのに、無差別に仲間を殺されたから許せないのだ。

死者、幽霊といえど、彼らにも人間と同じように友人や恋人、仲間がいる。それをある日突然奪われれば悔しくないはずがない。

幽霊になったとはいえ、彼らも元々は人だったのだから——人が、人を殺す。その残虐非道な行為に怯え、犯人を憎み捕まえたいというのは至極当然のことだ。

「ただし、一つ条件がある」

ササキは膝に腕を乗せ、前のめりになってヌイを見た。

「仮に犯人を捕まえても、その処遇はこちらで決めさせてもらう。お前らは手を出すな。それが条件だ」

「……分かりました。その条件、呑ませていただきます」

「……で、どこで祓い屋に襲われたの」

「この近くの大きな公園です」

この町には大きな森林公園があった。昼間は沢山の人で溢れる賑やかな場所だが、実は心霊スポットとしても有名であった。

「今回は俺と静で動くよ」

「はい！」

潔い返事をする静乃の傍らで、ハルは意外そうに自身を指差した。

「アタシ達は？」

「生きてる俺らなら祓い屋の攻撃も効かないし、何より狙われてるのはお前達だからな……あまり出歩かないようにってここの霊にも伝えておいて。留守は任せたよ」

「私達は外の皆を守ります。だから、オオヤさんとハルさんはここの皆をお願いします」

二人の人間は、信頼の篭った瞳で目の前の二人の幽霊を見つめた。

「任せておけ。留守はしっかり守ろう」

「所長もシズちゃんも気をつけてね」

彼らの信頼に応えるように、オオヤとハルが拳を差し出すと、四人で軽く拳をぶつけ合う。この三か月で四人の結束は確かなものとなりつつあった。

こうして幽霊達の安息を脅かす、通り魔捜索の幕が開いたのであった。

＊

「……寒い」

「寒いですね」

その日の深夜、静乃とササキはヌイ達が祓い屋に襲われたという森林公園を張り込んでいた。

霊を無差別に襲う祓い屋の噂が既に知れ渡っているのだろう。通常であればこの時間帯は霊で溢《あふ》れ返っているが、今日の公園は不気味なほど静まり返っていた。

「皆身を隠してくれたみたいですね……よかった」

「ヌイがここに来る前に色々手回ししたんだろうね」

春先といえど夜はまだまだ冷え込む。二人は噴水の近くにあるベンチに座り、寒さに震え、温かい缶コーヒーをちびちびと飲んでいた。

張り込みにしてはあまりにも堂々とした場所だが、ササキは全く隠れるつもりはないらしい。来るなら来いと思っているのか、はたまたわざと目立つことで祓い屋の犯行を未然に防ごうとしているのだろう。

「それにしても所長が自分から動くなんて珍しいですよね」

「まるで普段は働いてないみたいな言い草だね」

「えー……だっていっつもやる気なさそうに椅子で寝てるじゃないですか」

「……不眠症で夜は眠れないの」

静乃の小言にササキは眉を顰めた。言い訳に聞こえるが、あながち嘘ではないようだ。

彼の目の下にある隈は酷く、昼間は特に気だるそうにだらけているか眠っているかのどちらかだ。今も気だるげなのは変わりないが、その目はいつもより生気があるように見えた。不眠症というよりは夜行性という方が正しいのかもしれない。

「それに……祓い屋の正体が気になるから」

「犯人が倉下さんかもしれないって思ってるんですか？」

「ああ」

静乃の問いかけにササキは迷わず即答した。

友人を疑ってはいるが、心の中では間違いであってほしいと思っているササキは複雑そうな表情を浮かべた。

「さすがに倉下さんもそんなことはしないと思いますよ」

「……だと、いいけど」

ササキを励ますように言葉をかけたが、不安は消えないらしい。コーヒーの缶を両手で握りしめながら、彼の瞳は遠くを見つめていた。

「だって倉下さんが犯人だったら、ここの幽霊より先に廃ビルの霊に手を出すはずですよ」

「はは……俺を慰めようなんて百年早いよ」

それでも諦めず励ましていたら、ササキはくすりと笑って軽く静乃のこめかみあたりを小突《こづ》いた。珍しく笑みを浮かべたササキを、静乃は思わず凝視してしまった。

「なに」

「所長も笑うんですね」

「……俺だって笑える時は笑うよ」

そういいながらも既に彼の表情はいつもの仏頂面に戻っていた。

意外と少年のような笑みを浮かべるんだな、といったらまた小突かれてしまうだろうかと思いつつ静乃は飲み物に口をつけたのであった。

「ぎゃあああああ」

――虫の音も聞こえない夜の公園に悲鳴が響き渡った。その声に二人は目を見開いて立ち上がる。

「あっちの方から聞こえましたよね」

「走るよ」

「はい！」

聞き間違いではない。紛れもなく誰かの悲鳴だ。しかしそれが人間のものか、幽霊のものか判別ができない。しかし迷っている暇はない。

静乃が先陣を切り駆け出す。その方向には雑木林《ぞうきばやし》が広がっていた。

整備されているとはいえ、その中は街灯もなく真っ暗だ。持ってきた懐中電灯であたりを照らしながら、がさがさと落ち葉を踏み分けて進む。

「あそこに……――」

十数メートル先の木陰にうっすらと人影が見えたような気がする。先を走っていた静乃が急いで近寄ろうとしたところ、ササキが突然彼女の腕を引いた。

「んー！」

「黙って」

驚いて声を上げる静乃の口を塞ぎ、ササキは大木の陰に身を隠した。

ササキの冷たい手が静乃の顔の半分を覆い隠した。黙っていろといわれても、口と共に鼻も押さえられていて、このままでは呼吸困難で死んでしまう。

お願いだから離してくれと、ササキの腕を懸命に叩くと、ようやくササキが手を放してくれた。

「ぷはっ……はー、はっ……こ、殺す気ですか」

「ああ……ごめん」

相変わらず悪びれた様子もなく軽すぎる謝罪の言葉を述べながら、ササキは雑木林の奥に視線を向けた。あれだけの音を立ててしまったが、幸いなことに犯人には気づかれなかったようだ。犯人を逃さず、決定的瞬間を押さえるために、懐中電灯を消し息を潜めた。

「ひぃぃぃぃ……見逃してくれ。俺はただ道に迷っただけなんだ……」

その時、二人が隠れていた木の傍に、片足が消し飛んだ霊が怯えながら後ずさってきた。

それを嘲笑う声が林の奥からくすくすと響いてくる。遠くから聞こえる足音は一つ。どうやら犯人は一人のようだ。

「俺は、何もしてない！　本当だ！」

命乞いをしている霊。こんな近くにいるというのに、彼は静乃達に気づく気配は全くなかった。今なら助けられるかもしれない。伸ばそうとした静乃の手をササキは強く握り引き止めた。

「行っても無駄だ」

「見殺しにしろっていうんですか」

「……残念だけど。もうそいつは助からないよ」

「でも……」

「今犯人を逃せば、また被害が増える。辛いだろうけど、堪えて」

きっと彼は助からない。それは静乃も薄々気づいていた。

拳を強く握りしめ、歯を食いしばり、背後にいるササキに凭れかかった。

口調は淡々として表情も見えないが、静乃の腕を掴む震える手から、彼の怒りが伝わってきた。

「頼む、頼むっ、助けてくれ……！　本当に何もしてないんだ」

「何もしてないのは分かってるよ。でもそんなの関係ない……目障りだから消えろっていってるの」

震える命乞いをかき消すように、聞き覚えのある、物腰柔らかな声が聞こえた。そのとき、ササキが息を呑んだのに静乃は気づいた。

木々の間を大きな風が通り過ぎた瞬間、けたたましい悲鳴を上げて霊の姿が消えていく。耳をつんざく悲鳴に思わず耳を塞いだ。

「……タすけ、テ」

「――っ」

霧のように霊が蒸発していく。消える直前、霊は目の前にいる静乃に気づいたようで、涙を流しながら手を伸ばした。

静乃も手を伸ばしたが、互いの手が触れる前に彼は姿を保てなくなった。静乃の手は彼であった霧を掴んだだけだった。

「もうちょっと苦しむと思ったのに……つまらないの」

幽霊だった霧を手繰り寄せて静乃が悔し涙を流していると、やけにつまらなさそうな声が聞こえ、足音が遠ざかろうとしていた。

ササキが拳を強く握りしめ木の陰から飛び出した。

「倉下！」

名前を叫びながら、まるで銃でも突きつける勢いで、懐中電灯で遠ざかって行く人影を照らす。

驚くことなくぴたりと足を止めた男はゆっくりと振り返った。

懐中電灯に照らされて浮かび上がる不気味な笑顔、印象深い白髪。そこに立っていたのは紛れもなく、倉下凛太郎本人であった。

「倉下さん……」

「やっぱり、お前だったんだな」

ササキは倉下を睨みつけた。倉下は眩しそうに懐中電灯の光を手で隠しながらゆっくりと歩き出した。

「あれササキくん……それに静乃ちゃん。なんでこんなところにいるの?」

倉下はまるで相談所に遊びにきた時のように、ササキと静乃を見てとても嬉しそうに笑みを深めた。

「とうとう頭がおかしくなったんだな」

「あはは、ササキくんは本当に失礼だよね……僕の頭は至って正常だよ?」

ササキの後ろで、消えてしまった幽霊を悼むように泣いている静乃に、倉下は手を振った。しかし静乃は反応できなかった。

「倉下さん、なんでこんなことを……」

きっと彼は犯人ではない。毒舌で、捻くれてて、幽霊を毛嫌いしているけど、こんな酷い事はしないと、静乃はどこかで倉下を信じていたのだ。

しかし今目の前で起こったことが何よりの証拠。この日、静乃は初めて倉下をきっと睨んだ。

「なんでって、静乃ちゃんを見習って幽霊達を成仏させて回っていたんだよ」

「成仏って……明らかに苦しんでるじゃないですか！　あんなのじゃ救われる霊も救われませんよ！」

「別に救おうなんて思ってないもの」

いつものように満面の笑みを浮かべる倉下に、静乃はぞくりと背筋を凍りつかせた。初めて会った時から、倉下の笑顔に違和感を覚えていた。その正体がようやく分かった。自分は彼の笑顔に恐怖を感じているのだ。怒っている時も悲しんでいる時も、全ての感情を隠すように笑う彼の顔が怖いのだ。

「……それならなんで祓い屋なんかになったんですか」

「ねぇ、ササキくん。僕はまだ諦めないっていったよね」

倉下はその問いには答えず、思い出したように倉下はササキを見た。

「もう一度、賭けをしようよ」

「は？」

「今から僕はあの廃ビルの幽霊達を祓いに行くよ。僕を止められたらササキくんの勝ち。幽霊を一人でも殺せたら僕の勝ち」

「賭けるものは」

「ササキくんが勝ったら無意味に霊を祓うことはやめるよ。僕が勝ったら、このことには目を瞑ってもらって……後、静乃ちゃんを頂戴？」

子供が遊びを考えるように倉下は楽しそうに笑う。

幽霊の命を賭けるなんて不謹慎にもほどがある。ササキを見ると、呆れたように溜息をついていた。

「分かったよ。やれるならやってみなよ……ただ、アイツらをあんまり甘く見ない方がいいよ」

「所長！」

「あはは……せいぜい頑張ってよ。じゃあ、また後でね」

倉下は嬉しそうに笑うと手を振って颯爽と立ち去った。ササキもすぐに踵を返し静乃の横を通り過ぎた。

「静、すぐに事務所に戻るよ。アイツは本気であそこの霊を皆殺しにするつもりだ」

切羽詰まったようにササキは言葉を零した。

そうだ。彼は後で相談所にいる霊を皆殺しにするといっていた。ここで立ち話をしている暇があるのなら、一分一秒でも早く相談所に戻った方が良い。

「……あ、所長。ちょっと待って下さい」

「なに」

静乃はササキを引き止めると、無残に殺されてしまった霊に手を合わせた。

「お前はつくづくお人好しだな」

「……亡くなってしまった人に罪はありませんから」

「……そうだね」

死者は皆平等だ。目の前で死んだ者がいれば、供養のために手を合わせる。

幼い頃から祖父母に教わっていたことだ。

ササキも引き返し、静乃の隣で申し訳なさそうに手を合わせた。

「じゃあ、帰るよ」

「はい」

そうして二人は歩き始めた。ポケットに手を突っ込みながら淡々と歩くササキの丸い背中は、深い悲しみと強い怒りで震えているように見えた。

＊

「やっぱり皆を襲ってたのリンちゃんだったんだ」

「ここに乗り込むと宣言するとは全く良い度胸だな」

静乃達は相談所に戻るとすぐに、公園で起きたこと、そして倉下がこのビルに乗り込んでくることをオオヤ達に説明した。

「祓い屋がここに来るんですか」

「殺される……」

「祓い屋が来る！」

「立ち向かった方が良いのではないですか、オオヤ様」

今まで来客としてここを訪れていた倉下が、自分達を害する敵としてやってくることを知った幽霊達は、怯え、恐れ、中には殺気立つ者もいた。

オオヤとハルとて例外ではない。特にこのビルを管理し、霊達を守っているオオヤは怒りを露わにしていた。

「ササキ。今までお主の友人だと思って黙っていたが……ここに危害を加えるというのであれば話は別だ。元々儂は祓い屋というニンゲンが心底憎いのだ」

長年生きてきたオオヤ。その中で幾つもの出会いと別れを繰り返したのだろう。

霊達にとって祓い屋とは、唯一自分達の命を脅かす存在。警戒し、憎み、恐れるのも至極当然なのである。

オオヤの言葉に、ササキは複雑な表情を浮かべながらも、何も答えなかった。是とも否とも答えられないのだ。口では否定し、いつも邪険に扱っているがササキと倉下は友人同士。

そんな友人が、大切なものを殺そうとしているのだ。このままでは遅かれ早かれ、血で血を洗う争いが起きるのは一目瞭然だった。

皆がソファで深刻そうに俯き、時計の針の音しか聞こえない室内。意を決したように口を開いたのは静乃だった。

「――所長。お聞きしたいことがあります」

静寂を破る静乃の言葉に、その場にいた全員が彼女に視線を送った。当人はゆっくりと顔を上げ、光の灯らない虚ろな瞳を静乃に向けた。

「なに」

「倉下さんのことを教えて頂けませんか」

ササキは膝の上で組んでいた両手を握りしめる。静乃は待ち続けた。

視線に耐えかねたのか、ササキは大きな溜息をついて顔を上げた。

「ハル、オオヤ。霊達を一箇所に集めて。バラバラにいるより、固まってた方が安全だと思うから」

「……分かった。隣の大部屋に集めよう」

「はいはい、じゃあ皆隣に行こうね。アタシは全部の階を見回ってくるから、オオヤさんは皆のこと宜しくね」

二人は何かいいたげだったが、ササキの思惑を汲み取って頷くと、霊達を連れて相談所を出ていった。幽霊のいなくなった相談所はしんと静まり返った。

「ココアでも飲む？」

「頂きます」

珍しくササキがココアを淹れてくれた。

「所長って甘いもの好きですよね」

「落ち着くからね」

ササキが淹れてくれたココアは、いつもオオヤが淹れてくれるものよりもかなり甘かった。それでも疲れた体にその甘さがじんわりと染み渡る。

先程から色々あったが、ようやくほっと一息ついた。

今思えば、ササキと二人きりで話をするのはこれが初めてだった。幽霊だらけのこの廃ビルの中で、二人きりになるのは後にも先にもこの一度きりかもしれない。

ココアを一口啜りカップを置いたササキはゆっくりと口を開いた。

「……倉下とは子供の頃、孤児院で会ったんだ」

誰も聞いたことがないであろうササキと倉下の過去を知ることになるのかと、静乃はごくりと息を呑み込んだ。

「アイツは元々霊が見えていたらしくて、おまけにいつも笑ってて気味が悪いって虐められてたんだよ。俺も俺でこんな感じだから周りと打ち解けられなくてさ。ちょっかい出してくるヤツをやり返すついでに倉下の事も助けてたら、そのうち倉下と一緒にいることが多くなったんだよ」

　霊が見える人間は周りから疎外される。自分には見えないものが見えて、おまけに誰もいないところで会話してるように見えるのだから気味悪がられるのも当然だろう。

　静乃も自分がいつから霊が見えていたか覚えてないが、それでも普通に友人関係を築けたのは幸運だったのだろう。

「所長も霊が見えていたから、お互い分かり合えたんですね」

「いや。その時は俺、霊は見えていなかったよ」

　ササキの意外な言葉に、静乃は驚いて目を瞬かせた。

　てっきり倉下と同じように元々霊が見える体質なのだと思っていたが、違うようだ。そのことを追及しようとしたが、先にササキが話し始めた。

「倉下は最初から霊が嫌いだったわけじゃない。子どもの頃には、マシロとかいうアヤカシの友達もいたらしいしな」

「それなのに一体どうして……」

「倉下は、そのアヤカシの友達に両親を殺されたんだ。その仇をとるために、周りの反対を押し切って祓い屋になった。そして、倉下が祓い屋になった同時期に、オオヤの友人も祓い屋に殺されちまったらしい」

「倉下さんの両親を殺したアヤカシって、まさか……」

「オオヤの友人だったヤツかもな」

二人の間に沈黙が流れる。世間は狭いというが、こんな偶然があるものなのかと、静乃は唖然としてしまった。

「祓い屋って、そんなに簡単になれるものなんですか」

「ああ。俺らがいた孤児院は古寺でな、そこの住職が祓い屋だったんだ。俺の霊に関する知識は、全部その人からの受け売りだよ」

「昔は幽霊が見えてなかったっていってましたけど、倉下さんとその先生のお話を信じたんですか?」

「別に信じちゃいなかったけど、信じなかったわけでもないよ。正直どうでもよかったんだ……幽霊どころか、人にすら興味なかったからな、俺」

ササキは過去の自分を思い出し、自虐的な笑みを浮かべてココアを啜った。

「所長はいつから霊が見えるようになったんですか?」

「首吊って死にかけたとき」

「なるほど……って、えっ！」

　一瞬受け流そうとした静乃は驚いて目を見開いた。

　ササキはうるさいと耳を塞ぎながら、いつも隠している首元の服の裾を捲《まく》った。そこには目を背けたくなるほど痛々しい赤黒い痣がくっきり浮かんでいた。

「何度死のうとしても死ねなくて。首吊ったらさすがに死ねると思ったけど、やっぱり死に損なって。目が覚めた時にはアイツらが見えるようになってたってわけ」

　笑えるだろ、とササキは肩を揺らした。

　生気をなくした目。不眠症だと四六時中目の下に色濃く刻まれている隈。ちらりと服の裾から覗いた手首に見えるリストカットの痕。

　これまでササキがどれだけもがき苦しんできたかが、それらの自殺痕から伝わってきた――いや、彼はきっと今でも苦しんでいるのだろう。

「……理由を聞いてもいいですか」

「死にたい理由？」

　静乃が頷くとササキはまるで酒でも入っているかのように陽気に、世間話でもするように言葉を話した。

「最初は母親に殺されかけたんだよ。一家無理心中ってやつね。そこで死ぬはずだった俺はなんでかそこで生き延びて、母さんに置いていかれた――たぶん、それがきっかけ」

ササキは話しながら無意識に腹に手を当てた。

遠い昔の記憶が蘇る。母親の泣いた顔、声。そして父親の無様な死に顔。幼いながら自分はあのとき死を覚悟したのだ。

「終わったと思ったのに、まだ目の前に道が続いていた。あそこで死ぬと思ってたから生きる意味なんて何も感じなくて、何度も死のうとしたけど……結局今までしぶとく生き残って。本名を教えないのも名前を呼ばれる度にあの時のことを思い出すから嫌なんだよ」

耳を塞いでも時折聞こえる母親の声。そして呼ばれることを嫌った自分の名前。

頑なに本名を教えることを拒んでいたのはこれが原因だったのだと、ようやく静乃は腑に落ちたのだった。

「それはアタシやオオヤさんが止めてたからね。皆所長には死んでほしくなかったんだよ」

背後から声が聞こえて振り返ると、そこにはオオヤとハルが扉に凭れかかり笑っていた。

「盗み聞きとか趣味悪いよ」

「アタシ達だけ仲間外れなんてずるいよー。長年の付き合いなのにさっ」

「今さら隠すことでもあるまい。どちらにしろこのビルは儂の目で耳で体だ。内密に話をしようとも儂には筒抜けだぞ」

二人はにやりと笑いながらオオヤはササキの隣、ハルは静乃の隣に腰を下ろした。

「霊達は？」

「そこにいるよ」

ハルが指差した先は、開け放たれた相談所の扉。そこには大勢の住人達が静乃達に手を振っていた。

「はぁ……分かったよ、もう全員入ってくればいいじゃん」

ササキはヤケクソになったように霊達を手招きした。すると霊達は嬉しそうに中に入ってきた。

「やっぱりここが一番安心しますね」

「静乃ちゃん、マカロン持ってきたの。一緒に食べましょう」

あっという間に相談所の中はぎゅうぎゅう詰めになってしまった。やはり一人で過ごすより、皆で身を寄せ合った方が心強いし、怖さも半減する。

そうして少し賑やかになった室内で、ササキは静乃を見つめた。

「俺も聞きたいことがあるんだけど」

「私にですか？」

不思議そうに自身を指差すと、ササキはこくりと頷いた。

「静は人間にしろ、霊にしろ、困ってる人のために一生懸命動くだろ。なんでそこまで他人のために動けるの」

最初はサトルのために、それまで見たこともなかったであろう悲惨な光景を目にしても逃げなかった。

不気味で奇妙な霊達と仲を深め、今では共にお茶を飲んだり寝泊まりしたりする仲になった。

十字路で腰を抜かすほどのバケモノと出会っても臆するどころか気遣い、共に迷った男の幸せをひたすら願った。

そして、恨みに呑まれそうになった悪霊以上に人のために激怒し、人のために泣く。

この数か月、ササキは山上静乃という女を見てきて、率直に思ったことを問いかけた。その問いに静乃は迷ったように視線を彷徨《さまよ》わせた。

「……多分、笑顔が見たかったからです」

顎に手を当て、眉を顰めうーんと考えていると、ふと過去の記憶と共に一つの結論が出てきたのだ。

「私、小さい頃に両親を事故で亡くして祖父母に引き取られたんです。祖父母の家は山奥のそれはもう周りには畑しかないようなド田舎で。友達の家も遠いし、公園なんかもなくて。だからいつもじっちゃ……祖父に遊んでもらってたんですよ」

実家の風景を思い浮かべながら、静乃は懐かしそうに話す。

「お休みの日とかに祖父と縁側でお茶を飲んでると、いつも誰かが祖父を訪ねてくるんです。そのお客さんは皆、顔色が悪くて、不気味だしとっても寂しそうで……なんだかその人達が怖くて私はいつも祖父の後ろに隠れていたんです」

祖父と過ごした縁側を思い出すように、静乃は甘いココアを飲んで喉の渇きを潤した。

「けど、祖父は嬉しそうに歓迎して、お茶を出すんですよ。そしてお客さんは私が座っていた座布団に座って自分達からゆっくり話し始めるんです。苦しいこととか辛かったこととか、それこそ気がおもーくなるような愚痴を、お茶も飲まずにずっとずっと一人で喋るんです。それを祖父は私を膝の上に乗せて、嫌がりもせず聞いているんです。時々『それは大変だったねぇ』って相槌《あいづち》を打ちながら」

「それってまさか……」

「うん、今考えるとその人達が幽霊だったんだろうね。じっちゃが何も教えてくれなかったから分からなかったんだよ。多分怖がりな私を気使ってくれたんだろうね……」

驚いた顔をするハルに、静乃は困ったように笑いながら指で頬を掻いた。

今思えば自分は幼い頃から幽霊達と関わってきたのだ。恐らく人間よりも、ずっと幽霊達の方が近かったのだ。

「そして愚痴を零し続けたお客さんは、来た時は今にも消えちゃいそうなほど悲しい顔をしてたのに、まるで人が変わったみたいに晴れやかに、すっごい嬉しそうな顔をするんですよ。ずっと自分一人で喋ってただけなのに」

最初は暗く澱《よど》んでいた丸い背中が、次第にぴんと伸びて明るくなっていく。何度も見てきたその光景が蘇って、くすくすと思い出し笑いをしてしまった。

「そして最後に『怖がらせてごめんね』って私の頭を撫でて、にっこり笑って帰っていくんです。その笑顔が堪らなく嬉しくて、ずっと見ていたくて……多分、それがきっかけ、ですかね」

まだ幼い自分は、首が痛くなるくらいその人達を見上げた。その嬉しそうな笑顔。自分の頭を撫でてくれる冷たくも温かくもない、不思議な感触。

「話を聞くだけで笑顔にできる祖父みたいになりたかったんですよ。あんな悲しそうな顔をした人達を、私も笑顔にできたらなぁ、なんて。私はただ皆と笑って楽しく過ごしたいだけなんです。本当にそれだけなんですよ」

嬉しそうに笑う静乃を見て、ササキは納得したようにソファに凭れかかった。

「……倉下が認めた静の力、ちょっとだけ分かった気がするよ」

「アタシ達は、シズちゃんも所長も大好きだよ」

ハルはにこりと笑って、静乃に抱きついた。

触れている感触はないものの、たとえ他の人には見えなかったとしても、確かに彼女達はここに存在するのだ。こうして沢山の霊達と関わって気づいた。皆優しくて。寂しそうで。裏表がなくて。ある意味人間よりもずっと温かかった。

「私も……皆が大好きだよ」

霊が見えると気づいた時は正直とても驚いて、少しだけ恐怖も感じた。

それでもこの気持ちだけは本当だ。だからこそ、だからこそ、彼らの笑顔を奪わせるわけにはいかないのだ。

「だから幽霊達が殺されるなんて許せません」

「……そうだな」

力強い言葉にゆっくりとササキは頷いた。

「でも、倉下さんのことも助けたいです。あの人がいなければ、私はここにいることができなかったから」

彼が声をかけてくれなければ、静乃は就職先は見つからなかっただろうし、やりたいこともきっと見つけられなかった。何よりアヤカシ相談所の皆と出会えなかったのだ。そう考えると倉下に感謝してもしきれない。

両親を失った彼の気持ちは分かる。だからこそ、許せなかった。

「……所長。倉下さんを説得させてもらえないでしょうか。もしそれで失敗したらオオヤさん達に任せます」

静乃は深々と頭を下げた。

「リンを止められるのは静しかいないだろうね。俺はいいけど、後はそこらへんの人達に聞いて」

ササキは皆に意見を求めるようにあたりを見回した。

そうだ。ササキの許可が得られたとしても、彼は人間だ。幽霊達は倉下を、祓い屋を敵視しているのだ。断られたらどうしよう、と静乃は不安げに霊達を見回した。

「……おシズの頼みなら仕方があるまい」

「シズちゃんなら大丈夫だよ」

「もし危なくなったら私達が助けにいくよ。だから安心して」

「……オオヤ様がそうおっしゃるのであれば」

オオヤとハルを筆頭に幽霊達が頷いた。満場一致とはいかなかったが、それでも彼らは静乃を信頼して、倉下の説得を託してくれた。

「……そろそろ、来るな。静乃、任せたよ」

「はい」

ササキやハルや倉下のように重い過去はないけれど、それでも人並に悲しくて、寂しい過去はある。それらの一つ一つが今の自分を作っている大切な欠片《かけら》だ。それを倉下にも分からせる必要がある。

皆の思いを託され、静乃は決意を込めるように拳を握りしめた。

＊

訪れた廃ビルの中は普段通り真っ暗だった。

倉下はスマートフォンのライトで足元を照らしながら、相談所への階段を登る。そう。いつもと何も変わらない。

ただ違うことがあるとすれば、いつもならば怪しそうにこちらを警戒する霊の姿が一匹もないことと、自分自身がそんな彼らを本気で皆殺しにするつもりでやって来ていることくらいだろうか。

そしてこの暗い廃ビルの中でいつもなら唯一灯りが煌々と灯る相談所の扉を開けても、中は暗闇だった。

「ササキくん。いる……わけないよなぁ」

こうなることは予想していた。

面と向かって、友人が大切にしているものを殺すと宣言したのだ。頭の良い友人のことだ、何も対策しないわけがない。

だがあれだけの人数だ。ほんの一時間程で隠せるわけがない。ゆっくりとこのビルを探し回ろうじゃないか。職業柄、隠れている者を見つけるのは得意なのだ。

「こんばんは、倉下さん」

そんな暗闇から聞こえた声に僅かに驚いて、懐中電灯を声のした方向に向けた。

「……やぁ、静乃ちゃん。こんばんは」

そこにはソファに座って山上静乃が待っていた。

倉下はいつものように笑顔で、静寂に包まれた異様な相談所内を歩いて彼女の向かいに座った。

「もうびっくりしたなぁ……電気くらいつければいいのに。ササキ君達は?」

「倉下さんが来るというので皆を連れて逃げましたよ。ここには貴方と私の二人きりです」

確かにこの部屋には静乃と倉下の二人きりだ。しかしそんな嘘を倉下は信じなかった。

この階は大量の霊の気配を感じる。恐らくビル中の霊が一箇所に集まっているのだろう。きっとササキもそこにいるに違いない。

静乃も倉下が気づいてることは分かっているようで、二人とも敢えてそれ以上は触れなかった。

「倉下さん。少しだけ私とお話ししませんか？」

「いいよ。ボクも一度静乃ちゃんとゆっくり話したいと思っていたんだ」

動揺も焦りもなく、静乃の向かいに腰を下ろした。彼女は倉下と入れ替わるように立ち上がり、ぱちりと電気を灯した。

いつもの所長席にササキの姿はない。そしてあの賑やかな女幽霊と、この場の長である異形の者の姿も見えなかった。本当に倉下と静乃の二人きりのようだ。

「何か飲みますか？」

「コーヒーがいいな。ササキくんが飲むココアは甘すぎて苦手なんだよね」

コーヒーメーカーなんて上等な機械は置いていないため、静乃はインスタントコーヒーを淹れた。

「本当に正反対なんですね、お二人は」

「うん、ボクとササキくんは体格も、性格も、趣味嗜好《しこう》も全部が全部面白いくらいに正反対だよ」

カップを二つたずさえ彼女は席に戻ってきた。倉下の前にカップを置くとコーヒーの匂いがふわりと漂う。

ササキによくそんな苦いものを飲めるなといわれ、いつも甘ったるいココアが出てきたものだ。正直自分は甘いものは得意ではないのだけれど、彼が淹れてくれたものだからと我慢して飲んでいた。

彼とは長い付き合いだった。身長の高い自分と、低い彼。いつも不愛想な彼と、いつも笑っている自分。霊が嫌いな自分と、霊が好きな彼。まあお互いに人間はあまり好きではなかったけれど。自分達でも驚くくらい二人は正反対だった。

「それで話って？」

「ずっとお礼をいいたかったんです。私をこの相談所に誘ってくださってありがとうございました」

静乃は深々と頭を下げた。

彼女は自分がなんの目的でここにやって来ているのか知っているはずだ。なのにいきなり頭を下げるなんて、頭がおかしいのだろうか。

「その仲間達を殺そうとしてる僕にお礼をいうなんて、静乃ちゃんは馬鹿なの？」

「皆と出会えたのは倉下さんのお陰なので。きちんとお礼を伝えたかったんです」

倉下の顔から、一瞬だけ笑みが消えた。初めて会ったときから、静乃には調子を狂わされてばかりだった。本当に忌々しい。

「……どうして私を、この相談所に誘ってくれたんですか？」

「静乃ちゃんの力を確かめようと思ったんだよ。それでキミを祓い屋にヘッドハンティングしようと思ってたんだ」

「私、倉下さんがいう力どころか、幽霊が見えていることにすら気づいてなかったんですよ。それに倉下さんと会ったのも、あのとき大学で声をかけられたのが初めてで……」

静乃が不思議そうに首を傾げる間に、倉下は少しずつ調子を取り戻し、いつものように顔に笑みを貼り付けた。

「うん、ちょうど一年前かな。仕事でたまたま君を見かけたんだ」

静乃はコーヒーを飲もうとしていた手を止めて、倉下を見た。

「君が覚えているか分からないけど。静乃ちゃんが通ってた大学の近くに、高架下の短いトンネルがあるでしょう？　そこで静乃ちゃんが人と話しているところを見かけたんだ」

記憶の糸を手繰るように、顎に手を当ててうーんと考え込む。そういえば、そんなことがあったような、なかったような——。

「もしかして、髪がボサボサで表情がよく見えない、黒い男の人……ですか」

「そう。その人」

恐る恐る尋ねると、ご名答と倉下は嬉しそうに頷いた。

記憶にかかっていた靄がぱあっと晴れていく。

倉下のいう通り、一年前の冬、大学帰りのトンネルでとても悲しそうにしていた男性と少しだけ話したことがあったのだ。

「あの時静乃ちゃんはその人と何してたの？」

「何って……普通にお話ししただけですよ。苦しい、悲しいって泣き始めちゃったんで、背中を摩《さす》ってあげたらとっても嬉しそうに笑顔になって……って、まさかその人——」

嫌な予感がして、じっと倉下を見つめると、彼はただでさえ上がっている口角をさらに上げたのだ。

「僕が祓うはずだった、悪霊になりかけた霊」

言葉を失い、呆然とする静乃に、倉下はやれやれと呆れたように肩を竦めた。

「まさか本当に気づいてなかったとはね。これでもキミが襲われないか心配して見てたんだよ？　無自覚なのがタチ悪いよね、本当に」

「……その人を祓ったんですか」

「——いいや。彼はもう悪い霊ではなくなっていた」

倉下は前髪をかきあげ、苛立たしげに目の前の静乃を見た。

「彼は僕が手を下さずとも勝手に成仏したよ。今にも人を襲う悪霊になるだろうって噂を聞いていたからさ……まるで別人みたいに呑気で安らかな顔しちゃってて。悪霊に堕ちかけた霊を成仏させたなんて話、聞いたことなかったからね。あれは本当に驚いたよ」

髪から手を離し、重力に逆らえず落ちてきた髪の隙間から目の前の女を射るように見る。

「その霊から『ヤマガミシズノ』という女の話を聞いてね。僕はキミに近づいたんだ。そうしてこの相談所に静乃ちゃんを入社させて、数か月キミの様子を見させてもらった……やっぱり静乃ちゃんは祓い屋になるべき才能を持っていると確信したんだよ。祓い屋も人手が足りないんでね」

「……それなら最初から私を祓い屋に誘えばよかったじゃないですか」

「あはは、その時はまだ半信半疑だったからね。危ない橋は渡らないことにしてるんだ。でもまさかササキくん達が静乃ちゃんを気に入って手放さなくなるのは予想外だったんだよねぇ……」

くすりと倉下は笑った。それで倉下は静乃を祓い屋に誘い込むために、幾度となくササキに賭けを持ちかけていたのだろう。謎が解け、納得したように静乃は頷いた。

「祓い屋は本来、彷徨《さまよ》う霊や悪霊を成仏させると聞きました」

「うん、僕の師匠もそういってるし、大体の祓い屋は、時に強引になったとしても皆成仏させている。でも、僕は霊を祓うことはできるけど成仏させることができないんだ……不思議だよね」

「それは倉下さんが幽霊を恨んでるからでしょう。友達だった霊に両親を殺されてしまったから」

倉下の顔から笑顔が一瞬消えた。冷たい視線で見つめられても静乃はひるむことなく彼を見つめ返した。

「なぁに。僕だって最初から霊を嫌いだったわけじゃないよ。彼らは毎日当たり前のように僕の周りにいて、人間の子供よりも仲が良かったかもしれない」

遠い昔の懐かしい思い出を倉下はぽつりぽつりと話し始めた。

「両親は二人とも霊が見えなかったけれど、それでも懸命に僕を理解して愛してくれた。僕もそんな両親が大好きだったよ。それなのに、マシロ……僕の親友だった霊が、僕の両親を殺したんだ」

堪えきれない恨みを吐き出すように、彼はカップをきつく握りしめた。大切な家族をある日突然奪われれば誰だって憎むに違いない。

「僕はそいつを憎んで、憎んで……親の仇を取るために祓い屋になることを決めたんだ」

「……両親を殺したその霊はどうしたんですか」

「当然祓ったよ。僕が祓い屋になって一番最初に。でもさ、不思議なことにそいつはその時笑ったんだよ」

　憎しみだけを糧《かて》に、必死に祓い屋の修業に耐えた。そして祓い屋になって初めて祓った相手は、両親を殺した今は憎きかつての友人。

　しかし彼女は自分を殺しにきた倉下を見て、怒りも悲しみもせずに、この世から消えて無くなるその瞬間まで、嬉しそうに笑っていたのだ。

「復讐《ふくしゅう》を果たしたのに、何故今も仕事以外で霊を祓っているんですか」

「もう僕のような思いをする人を増やしたくないから……っていうのは表向きの理由」

「本当は？」

「……マシロを祓っても、僕の心は満たされなかったから」

「それは、倉下さんがその方を祓ったことを後悔しているからじゃないですか」

　静乃の言葉に、倉下は顔を上げた。

「本当に霊を恨んでいるのなら、私を勧誘するはずないじゃないですか。だって私は、倉下さんが嫌いな霊を成仏させてしまうんですよ？　心底霊が嫌いなら、同じように幽霊が嫌いな人に声をかけるはずじゃないですか。倉下さんはマシロさんを祓ってしまったことを後悔していて、本当は幽霊達を救いたいんじゃないですか？」

　なんの迷いもなく静乃はそういい、倉下の口から、はは、と乾いた笑いが溢れた。

思わず口元を手で覆い、笑いを堪えるが、くつくつと零れてしまう。

徐々にその笑いは大きくなって、終いに倉下は腹を抱えて笑い出した。

「……ははっ、いやぁ傑作だよ。静乃ちゃんの想像力にはほとほと参るなぁ」

「そうやって笑って誤魔化しているけれど、本当は気づいてるんじゃないんですか？　マシロさんは何も悪くないって」

倉下はぴたりと笑みを消して、頭を押さえた。

電気が走ったように、頭の中に血塗《ちまみ》れの映像が流れた。燃える車、そこから覗く両親の腕。そして血で染まる視界一杯に見える、白く大きな友の姿。

憎しみを込めるように、歯を食いしばって頭に爪を食い込ませた。

「……彼奴《きやつ》は、親に捨てられるところだったお主を助けようとしたのだよ」

オオヤが扉を開けて、ゆっくりと部屋の中に入ってきた。親の仇と似た男を倉下は睨みあげた。

「オオヤさんどうして……」

「すまぬな。この男に伝えなければならぬことがあってな、つい出てきてしまった」

オオヤは申し訳なさそうに微笑むと、驚いている静乃の頭を優しく撫でた。

「……倉下凛太郎。お主の……そして儂の友でもあった――は、最後までお主の幸せを願っていたよ」

「……キミ達に僕の何が分かるっていうのさ」

聞き覚えのある懐かしい耳鳴りに今も心が疼き、倉下は俯いて頭を押さえた。

脳裏を過《よぎ》るのは、真っ白な友人との思い出と、彼女が最期に浮かべたあの笑顔。

ずっと思い出さないようにしていた記憶の蓋を開け、倉下は小さく息をついてゆっくりと目を閉じた。

＊

「お前、見えないものが見えるんだろ！」

「気持ち悪いからこっちくんな」

少年は生まれつき常人には見えないモノが見えた。その特殊な体質と、病でもないのに生まれつき真っ白な髪の毛と、色素の薄い瞳を気味悪がられ少年はいつも孤独だった。

「おいで、凛太郎。また虐められたの。可哀想に」

しかし少年は寂しくはなかった。家に帰ると必ず母親が優しく抱きしめて、父親が慰めてくれるから。

両親は少年の前では常に笑みを浮かべていた。異常なことに、少年は両親の笑顔以外の表情を見たことはなかった。友には恵まれずとも、自分は両親に愛されている。そう思うだけで少年は幸福だった。

「お前はいつも一人で遊んでいるね」

「ボクは気持ち悪いから一緒に遊びたくないんだって」

公園でつまらなそうにブランコを漕いでいる少年に声をかけたのは、白熊のような大きな獣だった。

明らかに人間とは違うものが人間の言葉で話しかけてくる。少年は驚きこそしたが怯えることはなかった。それがまた彼女の興味をそそったのだろう。

「それは、私達のようなモノと話しているからだろう？　自分に見えないモノと話していたら人間は気味悪がって当然さ」

「別にいいよ、ユーレイと遊んでた方が楽しいもん」

「変わった童《わらわ》だな。老人でもないのに頭が白い」

楽しそうに白い獣は少年の柔らかな髪に手を触れた。

「……気持ち悪くないの？」

「いいや？　お前からしたら私なんて全身真っ白けだろう。ちなみに私の友は全身真っ黒けだ」

両手を広げて戯ける彼女に少年はくすりと笑った。

「キミ、名前なんていうの」

「私は――」

名乗ったはずの声は、ガラスを擦り合わせたような耳障りな音で、思わず少年は耳を塞いだ。

「変な音がして聞こえないよ」

「ふむ。私の名前は人間には聞こえないようだな……仕方ない。好きに呼べばいいさ」

突然名前をつけろといわれて、少年は困ったように視線を彷徨《さまよ》わせながら、そっと彼女の体に触れた。煙を触っているような感触が癖になって、毛並みを掴んでは離しを繰り返していると、彼女はくすぐったそうに身をよじった。

「じゃあ……マシロ。真っ白けだから、マシロ」

「マシロか……ふぅん、いい名だな。気に入った。お前の名前も教えてくれないか？」

「凜太郎だよ。倉下凜太郎」

「リンタロウか……長いから、リンだな」

それが少年倉下凜太郎と真っ白な獣のアヤカシ、マシロとの出会いだった。

彼らは毎日のように公園で語らった。

少年を虐めるものが現れると、マシロがその子供達を懲らしめ追い返した。そうしていつの間にか二人は掛け替えのない友人になっていた。

「どうしたのマシロ。機嫌でも悪いの？」

そんなある日マシロはやけに不機嫌な様子で現れた。

「友人とちょっと喧嘩をしてな……あの分からず屋め」

マシロはふてくされたようにそっぽを向いた。

「友達って、全身真っ黒けのお友達？」

「ああ。なんでも私とお前が仲良くしているのが気に食わないようだ。仲間に入りたいならそういえばいいのに……素直じゃない奴め」

子供のように不貞腐《ふてくさ》れ、マシロは鼻先と眉間に皺を寄せながら呟いた。

「マシロはお化けの癖に何考えてるか、分かりやすいよね」

マシロは自分の感情に正直で、その感情は少年にも手に取るように分かった。図星を突かれたマシロはむっとして少年の額を軽く小突いた。

「お前が分かりにくすぎるのだ。悲しい時も寂しい時も、お前はいつも笑っている」

「だってお母さん達はいっつも笑ってるから。僕も笑っていると幸せになれる気がするから」

「……自分の感情に素直になればよいというのに。人間というのは本当に不可解な生き物だな」

少年は瞳に寂しい色を浮かべながらも笑っていた。嬉しい時のみでなく、悲しい時も怒っている時も常にニコニコと笑顔を貼り付けている少年に対し、マシロは彼の感情を代弁するかのように表情豊かに彼と接していた。

「それで、マシロはそのお友達のこと好きなの？」

話を戻した少年の一言に、マシロは目を瞬かせて固まった。

「……二人でずっと長いこと過ごしてきたからな、まあ、うん。嫌いではないぞ」

「マシロがいなくなってお友達寂しがっているんじゃない？」

「そ、んなわけないだろう。彼奴はそんな男じゃないからな」

腕を組み、分かりやすく視線を泳がすマシロに少年はおかしそうに笑った。

「何がおかしいのだ」

「マシロも素直じゃないよね……早く、仲直りしなよ？　友達は大切だよ」

「……そうだな」

マシロは、廃ビルで一人不貞腐れているであろう友人の姿を思い浮かべる。暫しの沈黙の後、二人は顔を見合わせて噴き出すように笑い合った。

「凛太郎、帰るよ！」

「お母さん！」

その時女の声が聞こえた。少年は嬉しそうにベンチから立ち上がり、目を輝かせて声のした方に駆けていった。

彼が走っていった先には、少年とよく似た笑みを浮かべる母親が立っていた。

親子が暫く言葉を交わすと、少年が母親の手を引いてマシロのところに戻ってきた。

母親の手を引く少年の顔は楽しげだが、母親は困惑していた。

「お母さん、ボクの友達のマシロだよ。大きくてかっこいいでしょ」

少年は母親に大切な友人を紹介した。それで母親がなぜ困惑していたのか分かった。

「よせ……リン」

マシロは止めたが、少年はその意味を全く理解していなかった。

彼は幽霊達を普通の人間と変わらないように扱っていたが、彼らが見える人間は少ない。子供に見えているからといって、母親が同じものを見られるはずもなく、息子が指差した先には誰もいないベンチがあるだけで、母親は一瞬表情を強張らせた。

「ご、ごめんね凛太郎。お母さんには見えないの」

「えー……なんでボクには見えて、お母さん達には見えないんだろうね」

「ほ、ほんとうにねぇ……ダメなお母さんでごめんね」

少年の残酷な笑みに、母親の笑みが引きつり、幼い手を握る手が震えていた。自分には見えないものを見る者を、人間はそう簡単に受け入れられないのだ。

「今マシロとばいばいするから、お母さん先帰っててていいよ」

「うん、気をつけて帰ってくるのよ」

それでも少年の母は懸命に息子を理解しようとしていたのだろう。震える手を抑えながら、目一杯笑みを浮かべて逃げるように去っていった。

「ごめんね、マシロ。お母さんとお父さんはマシロのことが見えないんだ」

「私達のことが見えない人間の方が多いからな、気にすることはないよ」

申し訳なさそうに謝る少年の頭をマシロは優しく撫でた。

「……リン、お前は親が好きなのかい？」

「うん、大好きだよ」

屈託なく笑う少年を見て、彼女は悲しそうに笑うと少年を優しく抱きしめた。

「そうか……お前は本当にいい子だね」

少年の体は体温がない自分達と違ってとても温かかった。彼はきょとんとしながらも大きな背中に懸命に小さな腕を回して、背中を軽く叩いたのだった。

――事件が起きたのはそれから数日後のことだった。

「旅行に行く。荷物を纏めて」

少年の幸福な日常はあまりにも突然終わりを告げた。今まで見たことのない冷たい表情の父親が、冷たい声で告げた。

どこに行くとも知らされず、半ば無理矢理荷造りをさせられた少年は、有無をいわさず車の後部座席に押し込まれた。

「お母さん、どこ行くの。ねえ、お父さん」

「いいから座ってて」

見たことのない景色。徐々に上がって行く車のスピード。

バックミラーに映る両親からはいつもの優しい笑顔が消え失せて、見たことがない程強張っていた。そんな両親の様子に少年は恐怖を抱き始めた。

「マシロと会う約束してたのに」

「そんなものはいない！」

「いい加減気味悪いこといわないで！」

両親が少年の前で初めて声を荒らげた。少年は驚いて肩を震わせた。

何か悪いことをしただろうか。必死にこれまでの行動を思い返してみるが、何も思いつかない。少年はただならぬ不安の中で、どうすることもできず体を縮め座っていることしかできなかった。

ふと窓に映る自分は、悲しそうな表情を浮かべている。大丈夫、笑ってさえいれば幸せになれるんだと、少年は震える口角を上げて無理に笑みを浮かべた。

その瞬間急カーブに差しかかり、猛スピードを出していた車は曲がりきれず対向車線にはみ出した。その時運悪く大型トラックが眼前に見えた。

スローモーションのように、両親の悲鳴とけたたましいクラクションの音が聞こえ、次に来る衝撃を覚悟して少年は固く目を閉じた。

凄まじい轟音と激しい衝撃が一瞬訪れた後、目の前は闇に包まれなんの音も聞こえなくなった。

「リン、大丈夫かい」

そして次に目を覚ました時、目の前には片側に真っ白な世界が、もう片側に真っ赤な世界が広がっていた。視線をゆっくりと動かすと、心配そうな表情をした真っ白な友人に抱かれているのが分かった。

「……ま、しろ」

「無事か。ああ……よかった」

愛おしそうに彼女は少年の頭を撫でた。片側が赤いのは自分の血が目に入っているかららしい。そっと手を伸ばすと彼女の真っ白な体に真っ赤な血がついた。

「お父さん達は……」

両親の無事を確かめるように、少年は動かない体を懸命に動かして両親を探した。

周りは火の海に包まれていて、乗っていた車は潰れ、その中に両親であろう腕が見えた。きっと死んでいる。少年は子供ながらに状況を理解した。

「……ボクは、捨てられたのかな」

ぽつりと呟いた言葉に友人は目を見開いた。そして力強く少年の体を抱きしめ、今まで見たことのない冷たい表情を浮かべた。

「……ふふ、ふふふ。全て私の思惑通りだよ」

豹変《ひょうへん》した友人に少年は目を丸くした。

「私がお前の両親を殺したのだ。お前が不幸になるように、呪いをかけてな。お前が馬鹿みたいに私を慕って来るのが面白くてな……良い暇つぶしになったよ、人間」

「……ましろ？」

「両親はお前をきちんと愛していたよ。お前の幸せを壊したのは私だ。恨むなら、私を恨め。倉下凛太郎」

冷たく笑う友人の表情は少年の脳裏に焼き付いた。その言葉は呪いのように復讐心と憎しみを植え付けた。その呪いはいつしか真実に変わり、青年は彼女を親の仇だと思い込んで生きてきた。

「リン……久しぶりだな」

そして十数年の時が流れ、倉下凛太郎は祓い屋として親の仇を討つためにかつての友と対峙《たいじ》した。

「なんで僕の両親を殺したの？」

「……いっただろう、お前は私の暇つぶしだったのだよ」

言葉とは裏腹に彼女は青年を優しい眼差しで見つめた。優しげな友の表情とは正反対に、男の頭の中は彼女への憎悪と復讐心で一杯だった。

「ボクはお前を……殺す」

「やってみろ、リン」

そうして男は憎しみを込め、かつての友に刃を向けた。彼女はなんの抵抗もせず、彼の攻撃を全て受けた。

「……立派になったな、リン」

全力で戦い疲弊《ひへい》している男に、死にかけた友は微笑みかけた。

新米といえど立派な祓い屋。立っているのがやっとのように、マシロは肩を上下させている。苦しんでいるはずなのに、彼女は最後に優しく彼の頭を撫でた。

「……どうか、幸せに。可愛い、人の子」

マシロは自身を手にかけたはずの男を嬉しそうに、愛おしそうに見つめた。彼女は友の目を真っ直ぐ見つめながら、安らかに笑ったのだ。

頭に乗せられていた手が力尽き、彼の頬を優しく撫でて滑り落ち、そして跡形もなく彼女は消えていった。

＊

「――それがどうしたの？」

頭に手を当てたまま立ち上がり、倉下は指の間から静乃を見下ろした。

「マシロの死に際を見て、彼女が嘘をついていたことくらい、薄々察したさ。事故の当日、両親は霊が見える僕のことを気味悪がって、山に捨てにいこうとしていた。マシロが事故を起こさなかったら、僕の命はなかったんだ。そしてマシロは僕を傷つけないよう、真実を悟らせないために、一人で悪者になった……ああ、全部知っていたさ。そんなことキミらにいわれなくても分かってるんだよ。でも今更答え合わせしたところで、そこになんの意味があるんだい？」

倉下は淡々と告げた。顔を覆い隠していた手が離れると、笑顔は完全に消失していた。霊達を見ている時のような、侮蔑の篭った冷たい瞳で静乃を見下ろす。

これが、いつもの笑顔の下に隠している本当の表情だと、静乃は小さく息を呑んだ。

「どいてよ。これ以上邪魔するなら、たとえ静乃ちゃんでも容赦しないよ」

どこうとしない静乃の腕を倉下が掴む。骨が軋《きし》むほどの力に、静乃は眉を顰めた。

「おシズ！」

オオヤが倉下を攻撃しようとすると、彼女はそれを制した。

「……っ、腕を折られようが、殴られようが、絶対どきません！　私は貴方も、皆も守ります！　誰も傷つけさせはしない！」

「はぁ……なんでそこまでするの」

静乃は決して己の意思を曲げない。

倉下は呆れたように深い溜息をついて仕方なく腕から手を離した。

「さっきもいいましたけど、私は貴方に感謝しているんです。理由はどうあれ、倉下さんがいなければ、私はここで皆と出会うことはありませんでしたから」

怒りも、焦りも、恐怖もなく、ただただ己を真っ直ぐ見つめる静乃の瞳に、倉下の瞳が揺れた。

「――リン。それ以上やったら、許さないよ」

困惑する中聞きなれた声が聞こえると、倉下はそちらを見た。そこにはササキやハル、そして沢山の幽霊達が立っていた。

「うちの社員に手を出したら、ここにいる全員黙っちゃいないよ」

ササキは倉下の前にゆっくりと歩み寄ると、自分より頭一つ高い友人の顔を睨み上げた。

彼らの背後には、自分が憎んでいる霊達が殺気立った目で己を睨みつけていた。恐らく、目の前の人間達に危害を加えたら、彼らは容赦無く襲いかかるだろう。

「いつもお前が俺を止めてくれたように、今度は俺が、お前を止めるよ。リン」

「……ササキくんもお人好しだよねぇ。なんで生きてる人間が揃いも揃って死んだヤツらを庇《かば》うのかさっぱり分かんない……はぁ、もういいや。なんかシラけちゃった」

懸命に霊達を庇い、自分を止めようとする彼女達を見ていると、全てが馬鹿馬鹿しく思えてきて、倉下は呆れたように大きな溜息をついた。

この人数を相手にしたらタダでは済まないことはどうせ分かっていたし、それに一応は友人であるササキを敵に回したくはなかった。

「……とりあえず、今回は引くことにするよ」

倉下は肩を竦め、くるりと踵を返す。

「倉下さん」

静乃が呼び止めると、倉下はぴたりと足を止めた。

「また、いつでも遊びに来てください。お茶とお菓子しかありませんが、話し相手にはなりますから」

かつて祖父が幽霊達にいっていた台詞を伝えると、倉下はくすりと笑った。

「静乃ちゃんはさ……どれだけお人好しなわけ?」

「そうやって捻くれ者っぽく笑ってた方が、倉下さんらしいと思いますよ」

「はは……調子くるうね。ありがとう、静乃ちゃん。お言葉に甘えてまた来るよ。ただし、今度は本気でここからさらいだすからね」

そういうと、倉下はひらりと片手を挙げて相談所を後にした。

「賭けは僕の負けだね……」

真っ暗な廃ビルの中に、倉下の楽しげな鼻歌が響いていた。

＊

「はぁ……帰った」

「全く心臓に悪いにも程があるぞお主達は……」

倉下が姿を消した途端、張り詰めていた空気が一気に緩んだ。

オオヤは胸を撫で下ろし、ササキは疲れたようにソファに座り込む。幽霊達も自らの命の危機が去ったことで安心し、その場に座り込んだ。

幽霊達も守り通せた。倉下の手も悪に染まることはなかった。どうにかやり遂げられたのだと安心した途端、体の力が急に抜けて静乃はすとんとソファに腰を落とした。

「シズちゃん、大丈夫？　リンちゃんに何もされなかった？」

「大丈夫だよ」

心配そうに駆け寄ってきたハルを安心させるように、静乃は彼女の頭を優しく撫でた。

「……今回は静の手柄だよ。こうして誰もいなくならずに乗り切れた。リンも多少は心が軽くなったんじゃないの」

静乃の隣で頭をかきながらいったササキは、労《ねぎら》うように彼女の頭に手を乗せた。

「ありがとな」

静乃の視界いっぱいに、ササキの笑顔が飛び込んだ。ああ、彼もこんな風に笑えたのだと、その笑顔を見た瞬間静乃の鼻の奥がつん、と痺れた。

「……私、皆さんのお役に立ててましたか」

ずっと不安だった。どの企業にも必要とされなかった、なんの取り柄もない自分がここで本当に役に立てるのかずっと不安だった。少しでも何かできればと、懸命に働いてきた。

そうして今、彼らの感謝の言葉を聞き、静乃は思わず涙を流した。

「——そういうわけだから、四月から改めて宜しく。山上静乃サン」

ササキが見せた笑顔はほんの一瞬だった。瞬きの後はいつもの無表情に戻り、手を差し出していた。

「山上静乃。アヤカシ相談所職員として、これからもどうぞよろしくお願いします」

静乃は涙をぬぐいながら、差し出された手を強く握りしめた。窓の外は僅かに明るんでいて、間もなく朝が訪れる。

こうして沢山の霊に歓迎されながら、山上静乃の就職先が晴れて決まったのである。

路地裏に佇む最恐心霊スポットと謳われる廃ビル。その最奥にあるのは幽霊専門の相談所。二人の人間と二人の幽霊が働く〝アヤカシ相談所〟に、これからどんな出会いが待っているのだろうか。

季節はもうすぐ春になろうとしていた――。

化け猫の手を借りれば キャッと驚く癒しの空間!?

古く寂れた喫茶店を実家に持つ鹿嶋美来《かしまみらい》は、ひょんなことから巨大な老猫を拾う。しかし、その猫はなんと人間の言葉を話せる猫の神様だった！ しかも元々美来が飼っていた黒猫も「実は自分は猫鬼《びょうき》だ」と喋り出し、仰天する羽目に。なんだかんだで化け猫二匹と暮らすことを決めた美来に、今度は父が実家の喫茶店を猫カフェにしたいと言い出した！ すると、猫神がさらに猫又《ねこまた》と仙狸《せんり》も呼び出し、化け猫一同でお客をおもてなしすることに――!?

◎定価：本体640円+税　◎ISBN978-4-434-24670-8

●illustration:pon-marsh

神様の棲む猫じゃらし屋敷《かみさまのすむねこじゃらしやしき》

木乃子増緒
Masuo Kinoko

都会の路地を抜けると
神様が暮らしていました。

仕事を失い怠惰な生活を送っていた大海原啓順《わたのはらたかゆき》は、祖母の言いつけにより、遊行《ゆぎょう》ひいことという女性に会いに行くことになった。住所を頼りに都会の路地を抜けると、見えてきたのは猫じゃらしに囲まれた古いお屋敷。そこで暮らすひいこと言葉を話す八匹の不思議な猫に大海原家当主として迎えられるが、事情がさっぱりわからない。そんな折、ひいこの家の黒電話が鳴り響き、啓順は何者かの助けを求める声を聞く——

◎定価：本体640円＋税　◎ISBN978-4-434-24671-5

◎Illustration：くじょう

邑上主水
Murakami Mondo
花火と一緒に散ったのは、
あの夏の記憶だった

奇跡のラストに涙が止まらない！
号泣必至の青春恋愛ミステリー！

事故で陸上競技を断念した杉山秀俊は、新聞部で腐った日々を送っていた。そんな彼に、クラスメイトの霧島野々葉は毎日のようにまとわりついてくる。頭がよくて、他校にも知られるほど可愛い彼女だが、秀俊には単なる鬱陶しい存在だった。あるとき、秀俊は新聞部の企画で、都市伝説「記憶喰い」を取材することになる。そんな秀俊のもとに、企画を知った野々葉がやってきて告げた。「実は私、記憶喰いに記憶を食べてもらったことがあるんだ」

邑上主水
花火と一緒に散ったのは、あの夏の記憶だった

◎定価：本体640円＋税　◎ISBN978-4-434-24798-9　◎illustration：秋月アキラ

本書はWebサイト「アルファポリス」（http://www.alphapolis.co.jp/）に投稿されたものを、改稿、加筆のうえ書籍化したものです。

アルファポリス文庫

ようこそアヤカシ相談所《そうだんじょ》へ

松田詩依（まつだ しより）

2018年 9月 2日初版発行

編集ー宮本剛・太田鉄平
編集長ー塙綾子
発行者ー梶本雄介
発行所ー株式会社アルファポリス
〒150-6005東京都渋谷区恵比寿4-20-3恵比寿ｶﾞｰﾃﾞﾝﾌﾟﾚｲｽﾀﾜｰ5F
TEL 03-6277-1601（営業） 03-6277-1602（編集）
URL http://www.alphapolis.co.jp/
発売元ー株式会社星雲社
〒112-0005東京都文京区水道1-3-30
TEL 03-3947-1021
装丁イラストーけーしん
装丁デザインーAFTERGLOW
印刷ー中央精版印刷株式会社

価格はカバーに表示されてあります。
落丁乱丁の場合はアルファポリスまでご連絡ください。
送料は小社負担でお取り替えします。

ISBN978-4-434-24938-9 C0193